忆昔花间初识面·花间词

陈如江◎编注

人民文学出版社

图书在版编目(CIP)数据

忆昔花间初识面:花间词/陈如江编注.
—2版.—北京:人民文学出版社,2016
(恋上古诗词:版画插图版)
ISBN 978-7-02-012165-6

Ⅰ.①忆… Ⅱ.①陈… Ⅲ.①花间词派-词(文学)-
文学欣赏-中国 Ⅳ.①I207.23

中国版本图书馆 CIP 数据核字(2016)第 268685 号


责任编辑:葛云波
特约策划:尚　飞
装帧设计:高静芳


出版发行　人民文学出版社
社　　　址　北京市朝内大街 166 号
邮政编码　100705
网　　　址　http://www.rw-cn.com

印　　　刷　山东德州新华印务有限责任公司
经　　　销　全国新华书店等

开　　　本　890 毫米×1240 毫米　1/32
印　　　张　11
插　　　页　2
字　　　数　200 千字
版　　　次　2009 年 11 月北京第 1 版　2017 年 1 月北京第 2 版
印　　　次　2017 年 1 月第 1 次印刷

书　　　号　978-7-02-012165-6
定　　　价　38.00 元

如有印装质量问题,请与本社图书销售中心调换。电话:010-65233595

# 前　言

　　花间词之名得之于赵崇祚所编《花间集》,此书编成于五代后蜀广政三年(940),是一部最早也是规模最大的晚唐五代文人词的总集。全书共收录了以温庭筠和韦庄为代表的 18 位词人的 500 首词作。其中除温庭筠、皇甫松、和凝三人与蜀地无关外,其余十五人或是蜀籍,或流寓蜀中,或仕前、后蜀,均与西蜀有着这样或那样的联系,因此亦可以把他们称为"西蜀词派"。欧阳炯在《花间集序》中说,花间词乃是供"绣幌佳人"在酒筵舞席上遣兴娱宾之用的,因此它上承南朝梁代侧艳诗体之传统,下扬晚唐五代歌妓演唱之风习,内容偏重闺情(这样才能切合歌妓的身份口气),情调绮靡柔媚(这样才能有助歌妓的娇娆之态),辞藻锦绣华丽(这样才能"拟化工而迥巧","夺春艳以争鲜")。确实,当我们翻开《花间集》,便有一股香艳之风扑鼻而来,它的风格大致可以浓艳婉媚、香软绮靡概之。

　　《花间集》中,收温庭筠词最多,且放卷首,所以有"花间鼻祖"之称。韦庄与温庭筠齐名,并为花间派领袖,但他们的词风却迥然不同。温词绮靡浓艳,含情深隐,而韦词清丽疏淡,明白吐露。除温韦外,其他十六人的词风不是入于温,便是入于

1

韦的。

花间词对词的发展影响很大。陆游曾指出："《花间集》皆唐末五代时人作。方斯时，天下岌岌，生民救死不暇，士大夫乃流宕如此，可叹也哉！或者出于无聊故邪?"这段话实际上就是对远离社会现实、耽于声色歌舞的花间词人的批判。当然，作为文学范畴的花间词并非毫无可取之处，故陆游在指出花间词"出于无聊"之后又指出："历唐季五代，诗愈卑而倚声者辄简古可爱。"（《跋花间集》)这"简古可爱"的评价，我们可以从两个方面来看，一是花间词虽多写男女艳情，甚至有一些庸俗、消极之作，但亦不乏凭吊古迹、痛伤亡国、感怀身世、边塞战争、南国风光、隐逸情趣等方面的内容，题材显得相当的广泛。二是花间词在艺术上有较高的成就。首先，它改变了唐民间词及中唐文人词较为直露的抒情方式，往往用情景交融的手法来创造情感的氛围，抒发的情感由质实转为蕴藉，形成了"婉"的词风。其次，表达的情感丰富细腻，往往挖掘到了人物深层的精神世界，如写男女恋情，往往表现出一种怅惘难言的心理状态，用秦观的《浣溪沙》"自在飞花轻似梦，无边丝雨细如愁"来形容，就是轻似飞花、细如丝雨的深婉情绪，形成了"深"的词境，从而促成了词体的成熟，婉约词风也由此而确立，并发展成为词坛主流。陈善云："唐末诗体卑陋，而小词最为奇艳，今人尽力追之有不能及者，故尝以《花间集》当为长短句之宗。"（《扪虱新话》)汤显祖云："词至西蜀、南唐，作者日盛，往往情至文生，缠绵流露，不独苏黄秦柳之开山，即宣和、绍兴之盛，皆兆于此矣。"（汤评《花间集》)一致道

2

出了花间词在词史发展中的地位及影响。

本书从《花间集》中精选出 280 首词。每首词除了作词语典事方面的注释之外，还附有前人有关的词话、词评，以帮助读者对作品的意境有更深的理解。书中谬误不当之处，恳请读者批评指正。

# 目录

## 薛昭蕴词

## 牛峤词

## 孙光宪词

温庭筠　(812？—866)，本名岐，字飞卿，太原祁（今山西祁县）人。少而敏悟，工为辞章，才思清丽，并怀有很大的抱负。然而由于他恃才傲物，喜欢讥讽权贵，多犯忌讳，故屡试不第。唐宣宗大中初年（约848前后）始中进士，做过随县尉、方城尉，仕终国子助教。温庭筠词，内容多写闺情，辞藻浓艳绮靡，被称为"花间鼻祖"（王士禛《花草蒙拾》）。在词的发展史上，温庭筠可以说是一位开山大师。

# 菩萨蛮

　　小山重叠金明灭①，鬓云欲度香腮雪②。懒起画蛾眉③，弄妆梳洗迟。　　照花前后镜④，花面交相映。新帖绣罗襦，双双金鹧鸪⑤。

## 注释

① "小山"句：意谓屏风上的山水之景在阳光的映照下忽明忽暗，闪烁不定。小山，屏风上所绘山景。金，日光。

② "鬓云"句：意谓如云的鬓发蓬松低垂，几乎要遮住雪白的香腮。度，越过，遮掩。香腮雪，即香雪腮。

③ 蛾眉：形容女子细长而柔美的眉毛。蚕蛾的触须细长而曲，故称。《诗经·卫风·硕人》："螓首蛾眉。"

④ "照花"句：意谓对镜簪花，前后用镜子对照看看是否妥帖。

菩萨蛮（小山重叠金明灭）

⑤“新帖”二句：意谓在丝罗衣上有用金线所绣成的一对鹧鸪图案。

## 辑评

汤显祖云：芟《花间》者，额以温飞卿《菩萨蛮》十四首，而李翰林一首为词家鼻祖，以生不同时，不得列入。今读之，李如藐姑仙子，已脱尽人间烟火气。温如芙蕖浴碧，杨柳挹青，意中之意，言外之言，无不巧隽而妙入。珠璧相耀，正自不妨并美。（汤显祖评本《花间集》）

张惠言云：此感士不遇也。篇法仿佛《长门赋》，而用节节逆叙。此章从梦晓后领起“懒起”二字，含后文情事；“照花”四句，《离骚》“初服”之意。（《词选》）

陈廷焯云：所谓沉郁者，意在笔先，神余言外，写怨夫思妇之怀，寓孽子孤臣之感，凡交情之冷淡，身世之飘零，皆可于一草一木发之。而发之又必若隐若现，欲露不露，反复缠绵，终不许一语道破，匪独体格之高，亦见性情之厚。飞卿词如“懒起画蛾眉，弄妆梳洗迟”，无限伤心，溢于言表。（《白雨斋词话》） 又云：温丽芊绵，已是宋元人门径。（《云韶集》） 又云：飞卿短古，深得屈子之妙。《菩萨蛮》诸阕，亦全是楚辞变相，徒赏其芊丽，误矣。（《词则·大雅集》）

李冰若云：“小山”，当即屏山，犹言屏山之金碧晃灵也。此种雕镂太过之句，已开吴梦窗堆砌晦涩之径。“新贴绣罗襦”二句，用十字止说得襦上绣鹧鸪而已。统观全词意，谀之则为盛年

独处,顾影自怜;抑之则侈陈服饰,搔首弄姿。"初服之意",蒙所不解。(《栩庄漫记》)

俞平伯云:本篇旨在写艳,而只说"妆",手段高绝。写妆太多似有宾主倒置之弊,故于结句曰"双双金鹧鸪"。此乃暗点艳情,就表面看总还是妆耳。谓与《还魂记·惊梦》折上半有相似之处。(《读词偶得》)

唐圭璋云:此首写闺怨,意法极密,层次极清。首句,写绣屏掩映,可见环境之富丽;次句,写鬓丝蓬乱,可见人未起之容仪。三、四两句叙事,画眉梳洗,皆事也。然"懒"字、"迟"字,又兼写人之情态。"照花"两句承上,言梳洗停当,簪花为饰,愈增艳丽。末句,言更换新绣之罗衣,忽睹衣上有鹧鸪双双,遂兴孤独之哀与膏沐谁容之感。有此收束,振起全篇。上文之所以懒画眉、迟梳洗者,皆因有此一段怨情蕴蓄于中也。(《唐宋词选释》)


# 菩萨蛮

水精帘里玻璃枕①,暖香惹梦鸳鸯锦②。江上柳如烟,雁飞残月天。 藕丝秋色浅③,人胜参差剪④。双鬓隔香红⑤,玉钗头上风⑥。

## 注释

① 水精：即水晶。玻璃枕：言枕之光滑洁净。

② 惹梦：引人入梦。鸳鸯锦：绣有鸳鸯图案的锦被。

③ "藕丝"句：意谓女子所穿藕丝色的衣裙就像秋日蓝天的浅色。元稹《白衣裳》："藕丝衫子藕丝裙。"

④ 人胜：女子头上的饰物，似人形。古时风俗于正月七日为"人日"。那一天，妇女们剪彩为人形，或镂金箔为人形，戴在头上。参差剪：这里是形容人胜剪裁得十分精巧。

⑤ 隔：分开。香红：代指鲜花。这句是说女子两鬓都簪着鲜花。

⑥ "玉钗"句：意谓女子头上玉钗缀着人胜，随人走动而摇曳生风。

## 辑评

　　杨慎云：王右丞诗："杨花惹暮春。"李长吉诗："古竹老梢惹碧云。"温庭筠词："暖香惹梦鸳鸯锦。"孙光宪词："六宫眉黛惹春愁。"用"惹"字凡四，皆绝妙。（《升庵诗话》）

　　徐士俊云："藕丝秋色染"，牛峤句也。"染"、"浅"二字皆精。（见卓人月《古今词统》）

　　张惠言云："梦"字提。"江上"以下，略叙梦境。"人胜参差"、"玉钗香隔"，言梦亦不得到也。"江上柳如烟"，是关络。（《词选》）

　　吴衡照云：飞卿《菩萨蛮》云："江上柳如烟，雁飞残月天。"《更漏子》云："银烛背，绣帘垂，梦长君不知。"《酒泉子》云："月孤明，风又起，杏花稀。"作小令不似此着色取致，便觉寡味。（《莲

子居词话》)

陈廷焯云:"江上柳如烟,雁飞残月天",飞卿佳句也。好在是梦中情况,便觉绵邈无际。若空写两句景物,意味便减。悟此方许为词。(《白雨斋词话》) 又云:"杨柳岸,晓风残月",从此脱胎。"红"字韵,押得妙。(《云韶集》) 又云:梦境凄凉。(《词则·大雅集》)

孙麟趾云:何谓浑?如:"泪眼问花花不语,乱红飞过秋千去。""江上柳如烟,雁飞残月天。""西风残照,汉家宫阙。"皆以浑厚见长者也。词至浑,功候十分矣。(《词径》)

李冰若云:"暖香惹梦"四字,与"江上"二句均佳。但下阕又雕缋满纸,羌无情趣。即谓梦境有柳烟残月之中,美人盛服之幻,而四句晦涩已甚,韦相便无此种笨笔也。(《栩庄漫记》)

俞平伯云:本词咏立春或人日。全篇上下两片大意从隋薛道衡《人日》诗"人归落雁后,思发在花前"脱化。(《唐宋词选释》) 又云:通篇如缛绣繁弦,惑人耳目,悲秋深隐,几似无迹可求,此其所以为唐五代词。自南唐以降,虽风流大畅而古意渐失,温、韦标格,不复作矣。(《读词偶得》)


# 菩萨蛮

蕊黄无限当山额①,宿妆隐笑纱窗隔②。相见牡丹时，暂来还别离③。　　翠钗金作股④，钗上蝶双舞⑤。心事竟谁知，月明花满枝。

## 注释

① 蕊黄：六朝以来女子常用的一种眉妆，即在额上涂饰黄色。无限：没有界限，言黄色的眉妆已模糊不清。山额：指额头。

② 宿妆：隔夜的妆饰。隐笑：浅笑。

③ 还：读若"旋"，立即，迅速。

④ 翠钗：指镶嵌翠玉之金钗。股：指钗脚。韩偓《惆怅》诗："钗股欲分犹半疑。"

⑤ 蝶双舞：指钗上饰有双飞的蝴蝶。这里系以蝶之双飞来反衬自己独守空闺的冷寂。

## 辑评

　　李渔云：有以淡语收浓词者，别是一法。……大约此种结法，用之幽怨处居多，如怀人、送客、写忧、寄慨之词，自首至终，皆诉凄怨。其结句独不言情，而反述眼前所见者，皆自状无可奈何之情，谓思之无益，留之不得，不若且顾目前。而目前无人，止有此物，如"心事竟谁知，月明花满枝"，"曲终人不见，江上数峰青"之类是也。此等结法最难，非负雄才，具大力者不能。（《窥词管见》）

　　张惠言云：提起。以下三章本入梦之情。（《词选》）

李冰若云：以一句或二句描写一简单之妆饰，而其下突接别意，使词意不贯。浪费丽字，转成赘疣，为温词通病，如此词"翠钗"二句是也。(《栩庄漫记》)

# 菩萨蛮

翠翘金缕双鸂鶒①，水纹细起春池碧。池上海棠梨②，雨晴红满枝。　　绣衫遮笑靥③，烟草黏飞蝶。青琐对芳菲④，玉关音信稀⑤。

## 注释

① 翠翘：鸟尾上翠色的长毛。金缕：本意金线，这里指鸟毛。鸂鶒(xī chì 希翅)：水鸟名，因其形大于鸳鸯而色多紫，故亦称"紫鸳鸯"。

② 海棠梨：即海棠花。

③ 笑靥(yè 夜)：脸上酒窝。

④ 青琐：刻有青色连琐纹之门，这里借指华贵之家。芳菲：这里代指春景。

⑤ "玉关"句：此句点出全词主旨，即闺中女子思念戍边的丈夫。玉关：玉门关，在今甘肃敦煌西北，唐时西部重地。

## 辑评

刘永济云:此首追叙昔日欢会时之情景也。上半阕描写景物,极其鲜艳,衬出人情之欢欣,下半阕前二句补明欢欣之人情。后二句则以今日孤寂之情,与上六句作对比,以见芳菲之景物依然,而人则音信亦稀,故思之而怨也。(《唐五代两宋词简析》)

俞平伯云:上云"鸂鶒",下云"春池",非仅属联想,亦写美人游春之景耳。于过片云"秀衫遮笑靥"乃承上"翠翘"句;"烟草黏飞蝶"乃承上"水纹"三句。"青琐"以下点明春恨缘由,"芳菲"仍从上片"棠梨"生根,言良辰美景之虚设也。其作风犹是盛唐佳句。"琐"训连环,古人门窗多刻镂琐文,故曰琐窗。曰青锁者,宫门也,此殆宫词体耳。(《读词偶得》)

# 菩萨蛮

杏花含露团香雪①,绿杨陌上多离别。灯在月胧明②,觉来闻晓莺。　　玉钩褰翠幕③,妆浅旧眉薄④。春梦正关情,镜中蝉鬓轻⑤。

## 注释

① "杏花"句:意谓含着露水的杏花就像凝聚的团团雪花,散溢

着清香。

② 月胧明:月色朦胧。

③ 褰(qiān 千):提起,撩起。这里是挂起的意思。

④ "妆浅"句:意谓经过一夜,所画的眉色已经淡薄了。

⑤ 蝉鬓:古代女子的一种发式。大约是把靠在耳边的头发拢成蝉翼一般。马缟《中华古今注》载:魏文帝宫人莫琼树"始制为蝉鬓,望之缥缈如蝉翼,故曰蝉鬓"。

## 辑评

汤显祖云:"碧纱如烟隔窗语",得画家三昧,此更觉微远。(汤显祖评本《花间集》)

陈廷焯云:"春梦正关情,镜中蝉鬓轻",凄凉哀怨,真有欲言难言之苦。(《白雨斋词话》) 又云:梦境迷离。(《词则·大雅集》)

丁寿田等云:此词"杏花"二句,从远处泛写,关合本题于有意无意之间,与前"水精"一首中"江上柳如烟"二句同一笔法。飞卿词每如织锦图案,吾人但赏其调和之美可耳,不必泥于事实也。(《唐五代四大名家词》)

俞平伯云:"灯在",灯尚在也,"月胧明",残月也。此是在下半夜偶然醒来,忽又蒙眬睡去的光景。"觉来闻晓莺",方是真醒了。此两句连读,即误。"玉钩"句晨起之相。"妆残"句宿妆之相,即另一首所谓"卧时留薄妆"也。对镜妆梳,关情梦断,"轻"字无理得妙。(《读词偶得》)

唐圭璋云：此首抒怀人之情。起点杏花、绿杨，是芳春景色。此际景色虽美，然人多离别，亦黯然也。"灯在"两句，拍到己之因别而忆，因忆而梦；一梦觉来，帘内之残灯尚在，帘外之残月尚在，而又闻晓莺恼人，其境既迷离惝恍，而其情尤可哀。换头两句，言晓来妆浅眉薄，百无聊赖，亦懒起画眉弄妆也。"春梦"两句倒装，言偶一临镜，忽思及宵来好梦，又不禁自怜憔悴，空负此良辰美景矣。张皋文云："飞卿之词，深美闳约。"观此词可信。末两句，十字皆阳声字，可见温词声韵之响亮。（《唐宋词简释》）

# 菩萨蛮

玉楼明月长相忆①，柳丝袅娜春无力②。门外草萋萋，送君闻马嘶。　　画罗金翡翠③，香烛销成泪。花落子规啼④，绿窗残梦迷。

## 注释

① 玉楼：华丽的高楼，这里指女子居处。

② 袅娜：轻柔细长貌。李白《侍从宜春苑》诗："池南柳色半青青，萦烟袅娜拂绮城。"

菩萨蛮（玉楼明月长相忆）

③ "画罗"句：意谓彩帐上绣有金色的翡翠鸟。
④ 子规：即杜鹃鸟，其鸣声凄切，似"不如归去"，因而容易触动归思。

## 辑评

张惠言云："玉楼明月长相忆"，又提。"柳丝袅娜"，送君之时，故"江上柳如烟"，梦中情境亦尔。七章"阑外垂丝柳"，八章"绿杨满院"，九章"杨柳色依依"，十章"杨柳又如丝"，皆本此"柳丝袅娜"言之，明相忆之久也。（《词选》）

谭献评"玉楼明月"句云：提。评"花落子规啼"句云：小歇。（谭评《词辨》）

陈廷焯云："花落子规啼，绿窗残梦迷"，又"鸾镜与花枝，此情谁得知"，皆含深意。此种词，第自写情性，不必求胜人，已成绝响。后人刻意争奇，愈趋愈下，安得一二豪杰之士与之挽回风气哉？（《白雨斋词话》）　又云：音节凄清。字字哀艳，读之魂销。（《云韶集》）　又云：低回欲绝。（《词则·大雅集》）

李冰若云：前数章时有佳句，而通体不称，此较清绮有味。（《栩庄漫记》）

唐圭璋云：此首写怀人，亦加倍深刻。首句即说明相忆之切，虚笼全篇。每当玉楼有月之时，总念及远人不归，今见柳丝，更添伤感；以人之思极无力，故觉柳丝摇漾亦无力也。"门外"两句，忆及当时分别之情景，宛然在目。换头，又入今情。绣帏深掩,香烛成泪,较相忆无力,更深更苦。着末,以相忆难成梦作结。窗外残春景象,不堪视听;窗内残梦迷离,尤难排遣。通体景真情真,浑厚流转。(《唐宋词简释》)


# 菩萨蛮

牡丹花谢莺声歇,绿杨满院中庭月。相忆梦难成,背窗灯半明。 翠钿金压脸①,寂寞香闺掩。人远泪阑干②,燕飞春又残。


## 注释

① 翠钿:以翠玉镶嵌的首饰。金压脸:言金玉饰物遮住了脸。
② 泪阑干:泪流满面的样子。


## 辑评

张惠言云:"相忆梦难成",正是残梦迷情事。(《词选》)

陈廷焯云:领略孤眠滋味,逐句逐字,凄凄恻恻,飞卿大是有心人。(《云韶集》) 又云:三章云"相见牡丹时",五章云"觉来闻晓莺",此云"牡丹花谢莺声歇",言良辰已过,故下云"燕飞春又残"也。(《词则·大雅集》)

# 菩萨蛮

　　满宫明月梨花白，故人万里关山隔。金雁一双飞①，泪痕沾绣衣。　　小园芳草绿，家住越溪曲。杨柳色依依，燕归君不归。

## 注释

① 金雁：刘攽《中山诗话》："金雁，筝柱也。"此处当指闺中人看见绣衣上的双雁。

## 辑评

　　汤显祖云：兴语似李贺，结语似李白，中间平调而已。（汤显祖评本《花间集》）

　　陈廷焯云：凄艳是飞卿本色。从摩诘"春草年年绿"化出。（《云韶集》）　又云：结句即七章"音信不归来"二语意，重言以申明之，音更促，语更婉。（《词则·大雅集》）

　　俞平伯云："越溪"即若耶溪，北流入镜湖，在浙江绍兴，相传西施浣纱处。本词题亦借用西施事。或以为越兵入吴经由的越溪，恐未是。杜荀鹤《春宫怨》："年年越溪女，相忆采芙蓉。"亦指若耶溪。上片写宫廷光景；下片写若耶溪，女子的故乡。结句即从故人的怀念中写，犹前注所引杜荀鹤诗意。"君"盖指宫女，从对面看来，用字甚新。柳色如旧，而人远天涯，活用经典语。（《唐宋词选释》）

# 菩萨蛮

宝函钿雀金鸂鶒①，沉香阁上吴山碧②。杨柳又如丝，驿桥春雨时③。　　画楼音信断，芳草江南岸。鸾镜与花枝④，此情谁得知。

## 注释

① 宝函：华美的枕头。函本指函匣或函套，这里指枕函。钿雀、金鸂鶒：均是女子首饰。鸂鶒，见温庭筠《菩萨蛮》(翠翘金缕双鸂鶒)注。

② "沉香"句：意谓女子登上沉香阁，看见吴山一片碧色。沉香阁，用沉香木建造的楼阁，此处泛指精美华贵的楼阁。吴山，在浙江杭州钱塘江北岸，春秋时为吴国南界，此处泛指江南一带的山。

③ 驿桥：驿旁之桥。驿，驿站，驿亭，古代官道旁供行人住宿与换马的处所。

④ "鸾镜"二句：意谓每日对镜簪花，顾影自怜，其中苦楚，无人得知。鸾镜，饰有鸾鸟图案的妆镜。

## 辑评

汤显祖云："沉香"、"芳草"句，皆诗中画。（汤显祖评本《花间集》）

张惠言云："鸾镜"二句,结,与"心事竟谁知"相应。(《词选》)

谭献云："宝函钿雀"句,追叙。"画楼"句,指点今情。"鸾镜"句,顿。(谭评《词辨》)

陈廷焯云:只一"又"字,有多少眼泪,音节凄缓。凡作香奁词,音节愈缓愈妙。(《云韶集》) 又云:沉郁。(《词则·大雅集》)

丁寿田等云:沉香阁,《开天遗事》:"杨国忠用沉香为阁,檀香为阑。"此处借用以喻华贵耳。(《唐五代四大名家词》)

唐圭璋云:此首,起句写人妆饰之美,次句写人登临所见春山之美,亦"春日凝妆上翠楼"之起法。"杨柳"两句承上,写春水之美,仿佛画境。晓来登高骋望,触目春山春水,又不能已于兴感。一"又"字,传惊叹之神,且见相别之久,相忆之深。换头,说明人去信断。末两句,自伤苦忆之情,无人得知。以美艳如花之人,而独处凄寂,其幽怨深矣。"此情"句,千回百转,哀思洋溢。(《唐宋词简释》)

# 菩萨蛮

南园满地堆轻絮①,愁闻一霎清明雨②。雨后却斜阳,杏花零落香。　　无言匀睡脸③,枕上屏山掩④。时节欲黄昏,无聊独倚门。

## 注释

① 轻絮：轻飘飘的柳絮。

② 一霎(shà)：一阵子。清明雨：清明时节的蒙蒙细雨。

③ "无言"句：意谓午睡起来默默无语地重新匀整面容。

④ 屏山：山字形的屏风。

## 辑评

沈际飞云：隽逸之致，追步太白。(《草堂诗余》)

张惠言云：此下乃叙梦，此章言黄昏。(《词选》)

谭献评"雨后却斜阳"句：余韵。评"无聊独倚门"句：收束。
(谭评《词辨》)

王国维云：温飞卿《菩萨蛮》"雨后却斜阳，杏花零落香"，少游之"雨余芳草斜阳，杏花零落燕泥香"，虽自此脱胎，而实有出蓝之妙。(《人间词话附录》)

# 菩萨蛮

夜来皓月才当午①，重帘悄悄无人语。深处麝烟长②，卧时留薄妆③。　　当年还自惜，往事那堪忆。花露月明残，锦衾知晓寒。

## 注释

① 当午:指月在中天。

② 深处:指帘帷深处。麝烟长:熏炉中点燃着麝香,香烟弥漫。

③ 薄妆:淡妆。

## 辑评

张惠言云:此自卧时至晓,所谓"相忆梦难成"也。(《词选》)

陈廷焯云:"知"字凄警,与"愁人知夜长"同妙。(《词则·大雅集》)

李冰若云:《菩萨蛮》十四首中,全首无生硬字句而复饶绮怨者,当推"南园满地"、"夜来皓月"二阕,余有佳句而无章,非全璧也。(《栩庄漫记》)

吴世昌云:此词下片二联,上联言当年自惜,下联言今已色衰,如花落月残,虽有锦衾,亦只独宿,故曰"晓寒"。(《词林新话》)

# 菩萨蛮

雨晴夜合玲珑日①,万枝香袅红丝拂②。闲梦忆金堂③,满庭萱草长④。　　绣帘垂箓簌⑤,眉黛远山绿⑥。春水渡溪桥,凭栏魂欲消。

## 注释

① 夜合:即合欢花,俗称"马缨花"。古时常用以赠人,谓可以消怨合好。玲珑日:日光明媚。

② "万枝"句:意谓夜合花香气袅娜,低垂的红芯丝随风飘动。

③ 金堂:华丽的厅堂。

④ 萱草:一种草本植物,传说它可以使人忘忧。嵇康《养生论》:"合欢蠲忿,萱草忘忧。"

⑤ 㲛𣯧:即麗㲛(lùsù 鹿速),下垂貌。此处指下垂的帘穗。

⑥ 眉黛:用黛色画的眉。黛,一种画眉用的黑绿色的颜料。远山,即远山眉,古时用来形容女子眉毛秀丽。《西京杂记》说,卓文君姣好,"眉色如望远山,脸际常如芙蓉"。

## 辑评

张惠言云:此章正写梦。垂帘、凭栏,皆梦中情事,正应"人胜参差"三句。(《词选》)

陈廷焯云:"绣帘"四语婉雅。叔原"梦中惯得无拘检,又踏杨花过谢桥",聪明语,然近于轻薄矣。(《词则·大雅集》)

# 菩萨蛮

竹风轻动庭除冷①,珠帘月上玲珑影。山枕隐浓妆②，绿檀金凤凰。　　两蛾愁黛浅③，故国吴宫远。春恨正关情，画楼残点声④。

## 注释

① 庭除：庭阶。

② 山枕：枕头两端突起，中间微凹，如山形，故曰"山枕"。

③ 两蛾：双眉。愁黛浅：愁眉不展。

④ 残点声：指滴漏更点之声将尽，即天将破晓。

## 辑评

张惠言云：此言梦醒。"春恨正关情"与五章"春梦正关情"相对双锁。"青锁"、"金堂"、"故国吴宫"，略露寓意。（《词选》）

陈廷焯云："春恨"二语是两层，言春恨正自关情，况又独居画楼而闻残点之声乎！（《云韶集》）　又云：缠绵无尽。（《词则·大雅集》）

俞平伯云："竹风"以下说入晚无聊，凭枕闲卧。"隐"当读如"隐几而卧"之隐。"绿檀"承"山枕"言，檀枕也；"金凤凰"承"浓妆"言，金凤钗也；描写明艳。"吴宫"明点是宫词，昔人傅会立说，谬甚。其又一首"满宫明月梨花白"可互证。欧阳炯之序《花间》曰："自南朝之宫体，扇北里之倡风。"此两语诠词之本质至为分明。温氏《菩萨蛮》诸篇本以呈进唐宣宗者，事见《乐府纪闻》。其述宫怨，更属当然。末两句不但结束本章，且为十四首之总结

束,韵味悠然无尽,画楼残点,天将明矣。(《读词偶得》)

# 更漏子

　　柳丝长,春雨细,花外漏声迢递①。惊塞雁,起城乌,画屏金鹧鸪②。　　香雾薄,透帘幕,惆怅谢家池阁③。红烛背④,绣帘垂,梦长君不知。

## 注释

① "花外"句:意谓从花园外面远远地传来滴漏计时之器发出的滴水声。迢递,遥远。

② "惊塞雁"三句:意谓滴漏之声使塞外南飞之雁和栖宿在城头的乌鹊都受到惊吓,而闺房内画屏上的金鹧鸪却不为所动。

③ 谢家池阁:本指唐李德裕之妾谢秋娘的居所,后遂以"谢娘"、"谢家"泛指佳人或佳人住所。

④ 红烛背:言女子背向红烛。

## 辑评

　　张惠言云:"惊塞雁"三句,言欢戚不同,兴下"梦长君不知"也。(《词选》)

陈廷焯云:"惊塞雁,起城乌,画屏金鹧鸪",此言苦者自苦,乐者自乐。(《白雨斋词话》) 又云:思君之词,托于弃妇,以自写哀怨,品最工,味最厚。(《词则·大雅集》)

俞陛云云:《更漏子》四首,与《菩萨蛮》词同意。"梦长君不知"即《菩萨蛮》之"心事竟谁知"、"此情谁得知"也。前半词意以鸟为喻,即引起后半之意。塞雁、城乌,俱为惊起,而画屏上之鹧鸪,仍漠然无知,犹帘垂烛背,耐尽凄凉,而君不知也。(《唐词选释》)

王国维云:"画屏金鹧鸪",飞卿语也,其词品似之。(《人间词话》)

俞平伯云:李贺《屏风曲》:"月风吹露屏外寒,城上乌啼楚女眠。"词意如本此,画屏中人,亦未必乐也。(《唐宋词选释》)

华钟彦云:按"塞雁"、"城乌",对文。此言漏声迢递,非但感人,即征塞之雁,闻之则惊;宿城之乌,闻之则起,其不为感动者,惟画屏上之金鹧鸪耳。以真鸟与假鸟对比,衬出胸中难言之痛,此法惟飞卿能之。(《花间集注》)


# 更漏子

星斗稀,钟鼓歇①,帘外晓莺残月。兰露重,柳风斜，满庭堆落花。　　　虚阁上②，倚栏望，还似去年惆怅。春欲暮，思无穷，旧欢如梦中。

## 注释

① 钟鼓歇：报时的钟鼓声已停止了。

② 虚阁上：登上空阁。

## 辑评

汤显祖云："帘外晓莺残月"，妙矣，而"杨柳岸，晓风残月"更过之。宋诗远不及唐，而词多不让，其故殆不可解。（汤显祖评本《花间集》）

张惠言云："兰露重"三句，与"塞雁"、"城乌"义同。（《词选》）

陈廷焯云："兰露重，柳风斜，满庭堆落花"，此又言盛者自盛，衰者自衰，亦即上章苦乐之意。颠倒言之，纯是风人章法，特改换面目，人自不觉耳。（《白雨斋词话》）　又云："还是去年惆怅"，欲语复咽，中含无限情事，是为沉郁。"旧欢"五字，结出不堪回首意。（《词则·大雅集》）

俞陛云云：下阕追忆去年已在惆怅之时，则此日旧欢回首，更迢遥若梦矣。（《唐词选释》）

# 更漏子

　　相见稀，相忆久，眉浅淡烟如柳①。垂翠幕，结同心，待郎熏绣衾②。　　城上月，白如雪，蝉鬓美人愁绝③。宫树暗，鹊桥横，玉签初报明④。

## 注释

① "眉浅"句：意谓眉黛浅如淡烟，眉形犹如柳叶。

② "垂翠幕"三句：言放下翠色帷幕，打好同心结，用香料熏着绣花被子，以等待郎君的到来。

③ 蝉鬓美人：指梳着蝉鬓发式的美人。蝉鬓，见温庭筠《菩萨蛮》(杏花含露团香雪)注。

④ "宫树暗"三句：通过景物的描写，表明女主人公一直等到拂晓也没等到郎君。玉签，司更漏者报时所用之签。《陈书·世祖纪》："每鸡人伺漏，传更签于殿中，乃敕送者必投签于阶台之上，令铿然有声。云：'吾虽眠，亦令惊觉也。'"

## 辑评

　　汤显祖云：口头语，平衍不俗，亦是填词当家。(汤显祖评本《花间集》)

　　王士禛云："蝉鬓美人愁绝"，果是妙语。飞卿《更漏子》、《河渎神》，凡两见之。李空同所谓自家物终久还来耶。(《花草蒙拾》)

李冰若云:飞卿词中重句重意,屡见《花间集》中,由于意境无多,造句过求妍丽,故有此弊,不仅"蝉鬓美人"一句已也。(《栩庄漫记》)

# 更漏子

背江楼<sup>①</sup>,临海月,城上角声呜咽。堤柳动,岛烟昏<sup>②</sup>,两行征雁分。　　京口路<sup>③</sup>,归帆渡,正是芳菲欲度<sup>④</sup>。银烛尽,玉绳低<sup>⑤</sup>,一声村落鸡<sup>⑥</sup>。

## 注释

① 背江楼:背靠江楼。

② 岛烟昏:江中岛屿被烟雾笼罩着。

③ 京口:今江苏镇江。

④ 芳菲度:大好春光即将过去。

⑤ 玉绳:星名。位于北斗星斗柄三星的北面。

⑥ 村落:村庄。

## 辑评

汤显祖云:("两行征雁分")句好。(汤显祖评本《花间集》)

丁寿田等云:全词从头到尾写舟中所见实景,条理井然,景色如画。(《唐五代四大名家词》)

俞陛云云:就行役昏晓之景,由城内而堤边,而渡口,而村落,次第写来,不言愁而离愁自见。其"征雁"句,寓分手之感。唐人七岁女子诗"所嗟人异雁,不作一行飞",亦即此意。结句与飞卿《过潼关》诗"十里晓鸡关树暗,一行寒雁陇云愁",清真词"露寒人远鸡相应",皆善写晓行光景。(《唐词选释》)

# 更漏子

玉炉香,红蜡泪,偏照画堂秋思①。眉翠薄②,鬓云残③,夜长衾枕寒④。　　梧桐树,三更雨,不道离情正苦⑤。一叶叶,一声声,空阶滴到明。

## 注释

① 画堂:华美的居室。

② 眉翠薄:眉间涂画的翠色已经淡薄。古代女子以翠黛画眉。

③ 鬓云残:鬓发散乱。

④ 衾枕:被子和枕头。

⑤ 不道:不管,不顾。

## 辑评

沈际飞云：子野"深院锁黄昏，阵阵芭蕉雨"，似足该括此首，第睹此始见其妙。（《草堂诗余正集》）

李廷机云：前以夜阑为思，后以夜雨为思，善能体出秋夜之思者。（《草堂诗余评林》）

谭献云："梧桐树"以下，似直下语，正从"夜长"逗出，亦书家"无垂不缩"之法。（谭评《词辨》）

陈廷焯云：飞卿《更漏子》三章，自是绝唱。而后人独赏其末章"梧桐树"数语。胡元任云："庭筠工于造语，极为奇丽，此词尤佳。"即指"梧桐树"数语也。不知"梧桐树"数语，用笔较快，而意味无上二章之厚。胡氏不知词，故以奇丽目飞卿，且以此章为飞卿之冠，浅视飞卿者也。后人从而和之，何耶？（《白雨斋词话》）又云：遣词凄绝，是飞卿本色。结三句开北宋先声。（《云韶集》）又云：后半阕无一字不妙，沈郁不及上二章，而凄警特绝。（《词则·大雅集》）

俞陛云云：此首亦以上半阕引起下文。惟其锦衾角枕，耐尽长宵，故桐叶雨声，彻夜闻之。后人用其词意入诗云："枕边泪共窗前雨，隔个窗儿滴到明。"加一"泪"字，弥见离情之苦，但语意说尽，不若此词之含浑。（《唐词选释》）

李冰若云：飞卿此词，自是集中之冠。寻常情事，写来凄婉动人，全由秋思离情为其骨干。宋人"枕前泪共窗前雨，隔个窗儿滴到明"，本此而转成淡薄。温词如此凄丽有情致，不为设色所累者，寥寥可数也。温韦并称，赖有此耳。（《栩庄漫记》）

唐圭璋云：此首写离情，浓淡相间，上片浓丽，下片疏淡。通篇自昼至夜，自夜至晓，其境弥幽，其情弥苦。上片，起三句写境，次三句写人。画堂之内，惟有炉香、蜡泪相对，何等凄寂。迨至夜长衾寒之时，更愁损矣。眉薄鬓残，可见辗转反侧、思极无眠之况。下片，承夜长来，单写梧桐夜雨，一气直下，语浅情深。宋人句云："枕前泪共阶前雨，隔个窗儿滴到明。"从此脱胎，然无上文之浓丽相配，故不如此词之深厚。（《唐宋词简释》）

# 酒泉子

花映柳条，闲向绿萍池上。凭栏干，窥细浪，雨萧萧。　　近来音信两疏索①，洞房空寂寞。掩银屏②，垂翠箔③，度春宵。

**注释**

① 两疏索：指女主人公很久未获得远方丈夫的音信。疏索，稀少。

② 银屏：银色的屏风，或谓镶嵌银丝花纹的屏风。

③ 翠箔：指竹帘。

汤显祖云:《酒泉子》强半用三字句最易。(汤显祖评本《花间集》)

李冰若云:"银屏"、"翠箔"丽矣,奈洞房寂寞度春宵何!
(《栩庄漫记》)

# 酒泉子

楚女不归①,楼枕小河春水。月孤明②,风又起,杏花稀。 玉钗斜簪云鬓髻,裙上金缕凤③。八行书④,千里梦,雁南飞。

**注释**

① 楚女:楚地女子。这里指男主人公所思念的人。

② 月孤明:即孤月明。

③ "玉钗"二句:这是男主人公追忆楚女美丽动人的形象。金缕
   凤,指裙上用金线绣成的凤凰。

④ 八行书:即信札。古时信笺每页八行,故以"八行书"代称。

**辑评**

吴衡照云:《酒泉子》云:"月孤明,风又起,杏花稀。"作小令

不似此着色取致，便觉寡味。(《莲子居词话》)

陈廷焯云:情词凄怨。"月孤明"三句中有多少层折。(《词则·别调集》)

# 酒泉子

罗带惹香①，犹系别时红豆②。泪痕新，金缕旧③，断离肠。　　一双娇燕语雕梁④，还是去年时节。绿阴浓，芳草歇，柳花狂。

**注释**

① 惹:沾染。

② 红豆:又称相思豆。

③ "泪痕新"二句:意谓离别时所穿金丝绣成的衣裳已渐渐旧去，而泪痕却是新沾上的。

④ "一双"句:这是在写景中暗寓自己的孤寂。

**辑评**

汤显祖云:纤词丽语，转折自如，能品也。(汤显祖评本《花间集》)

酒泉子（罗带惹香）

李冰若云：离情别恨，触绪纷来。（《栩庄漫记》）

# 定西番

汉使昔年离别①，攀弱柳②，折寒梅③，上高台④。　　千里玉关春雪⑤，雁来人不来。羌笛一声愁绝，月徘徊⑥。

## 注释

① 汉使：本指汉朝出使西域的官员，这里泛指远戍西陲的将士。

② 攀弱柳：古人有折柳赠别的习俗。

③ 折寒梅：折梅花以赠远人。南朝宋陆凯《赠范晔》："折花逢驿使，寄与陇头人。江南无所有，聊赠一枝春。"

④ 上高台：登台遥望，以寄乡思。

⑤ 玉关：即玉门关，在今甘肃敦煌。

⑥ 月徘徊：意谓月亮也被凄怨的笛声所感动而在空中徘徊。

## 辑评

汤显祖云："月徘徊"是"香稻啄残鹦鹉粒"句法。（汤显祖评本《花间集》）

董其昌云:攀柳折梅,皆所以写离别之思。末二句闻笛见月,伤之也。(《新锓订正评注便读草堂诗余》)

# 定西番

海燕欲飞调羽①,萱草绿,杏花红,隔帘栊②。
双鬟翠霞金缕③,一枝春艳浓④。楼上月明三五⑤,琐窗中⑥。

## 注释

① 海燕:燕子。调羽:梳理羽毛。
② 帘栊:帘与窗。
③ 翠霞金缕:指华美的首饰。翠霞,谓头上钗饰的色泽如翠玉,如霞光,光彩照人。金缕,指钗穗。
④ "一枝"句:喻女主人公美丽如花。
⑤ "楼上"句:这里实际是表现身处月明之中的美人的惆怅与伤春之情。三五,指农历十五日,此日月最圆。
⑥ 琐窗:刻有花纹的窗。

## 辑评

汤显祖云:不知秋思在谁家。(汤显祖评本《花间集》)

# 杨柳枝

宜春苑外最长条①，闲袅春风伴舞腰②。正是玉人肠绝处③，一渠春水赤栏桥。

## 注释

① 宜春苑：秦宫苑名，故址在今陕西长安县南。最长条，指柳条。
② "闲袅"句：意谓细长柔软的柳枝，随风摆动，犹如舞女的细腰。白居易《杨柳枝》："枝袅轻风似舞腰。"
③ 玉人：佳人，美人。

## 辑评

李冰若云：风神旖旎，得题之神。（《栩庄漫记》）

华钟彦云：（末二句）言柳条虽新，而舞腰不在。玉人感物自伤，不觉一沟春水，已过赤栏桥边。而桥边杨柳，更觉依依可怜也。（《花间集注》）

# 南歌子

手里金鹦鹉，胸前绣凤凰①。偷眼暗形相②。不如从嫁与③，作鸳鸯。

## 注释

① "手里"二句：意谓有个公子哥儿手里玩弄着羽毛呈金黄色的
鹦鹉，胸前的衣服绣着金色的凤凰。

② 形相：端详，打量。

③ 从嫁与：不作考虑地嫁给他。从，任从，随意。

## 辑评

陆游云：飞卿《南歌子》诸阕，语意工妙，可追配刘梦得《竹
枝》，信一时杰作也。（《放翁题跋》）

谭献云：尽头语，单调中重笔，五代后绝响。（谭评《词辨》）

陈廷焯云："偷眼暗形相"五字，开后人多少香奁佳话。（《云
韶集》）又云："手里金鹦鹉"五字摹神，"鸳鸯"二字与上"鹦
鹉"、"凤凰"，映射成趣。（《词则·闲情集》）

李冰若云：《花间集》词多婉丽，然亦有以直快见长者，如"不
如从嫁与，作鸳鸯"，"此时还恨薄情无"等词，盖有乐府遗风也。
（《栩庄漫记》）

华钟彦云：金鹦鹉，手里所携者；绣凤凰，衣上之花也。此指
贵介公子言。以真鸟与假鸟对举，引起下文抽象之鸟。其意境
较前《更漏子》第一首，尤为显明。（《花间集注》）

# 南歌子

鬓堕低梳髻①，连娟细扫眉②。终日两相思。为君憔悴尽，百花时③。

## 注释

① "鬓堕"句：意谓梳着低低的发髻。

② 连娟：眉弯曲而纤细。扫眉：即画眉。

③ 百花时：百花盛开的季节。

## 辑评

谭献云："百花时"三字，加倍法，亦重笔也。（谭评《词辨》）

陈廷焯云：低回欲绝。（《词则·闲情集》）

唐圭璋云：此首写相思，纯用拙重之笔。起两句，写貌。"终日"句，写情。"为君"句，承上"相思"，透进一层，低回欲绝。（《唐宋词简释》）

# 南歌子

转盼如波眼①，娉婷似柳腰②。花里暗相招③。

忆君肠欲断，恨春宵。

## 注释

① "转盼"句:意谓目光流转如秋波。

② 娉婷:姿态秀美。

③ "花里"句:言在花丛中偷偷地相会。以上三句是男子对往日
　 与女子的一段幽情的追忆。

## 辑评

陈廷焯云:"恨春宵"三字,有多少宛折。(《云韶集》)

李冰若云:末二句率致无余味。(《栩庄漫记》)

# 南歌子

懒拂鸳鸯枕，休缝翡翠裙。罗帐罢炉熏①。近来
心更切，为思君。

## 注释

① "罗帐"句:指罗帐里不再焚香。

## 辑评

汤显祖云:短调中能尖新而转换,自觉隽永可思。腐句腐字一毫用不着。(汤显祖评本《花间集》)

陈廷焯云:上三句三层,下接"近来"五字甚紧,真是一往情深。(《词则·闲情集》)

李冰若云:"懒"、"休"、"罢"三字,皆为思君之故。用"近来"二字,更进一层,于此可悟用字之法。(《栩庄漫记》)

唐圭璋云:此首,起三句三层。"近来"句,又深一层。"为思君"句总束,振起全词,以上所谓"懒"、"休"、"罢"者,皆思君之故也。(《唐宋词简释》)

# 河渎神

河上望丛祠①,庙前春雨来时。楚山无限鸟飞迟,兰棹空伤别离②。　　何处杜鹃啼不歇③,艳红开尽如血④。蝉鬓美人愁绝,百花芳草佳节⑤。

## 注释

① 丛祠:树丛间的神庙。

② 兰棹:这里代指精美的船。

③ 杜鹃：即杜鹃鸟，其鸣声凄切，似"不如归去"，所以旅客听到
它的叫声常会产生凄苦的感受。

④ 艳红：指杜鹃花。

⑤ "蝉鬓"二句：这是离人想象闺中美人的情景。蝉鬓美人，指
梳着蝉鬓发式的美人。

## 辑评

陈廷焯云：《河渎神》三章，寄哀怨于迎神曲中，得《九歌》之
遗意。（《词则·别调集》）

# 河渎神

孤庙对寒潮，西陵风雨萧萧①。谢娘惆怅倚兰
桡②，泪流玉箸千条③。　　暮天愁听思归乐④，早
梅香满山郭。回首两情萧索⑤，离魂何处飘泊。

## 注释

① 西陵：指巴蜀旧有西陵古国，相传黄帝所娶嫘祖即生于此。

② 谢娘：泛指佳人。详见温庭筠《更漏子》(柳丝长)注。兰桡：
兰木做的桨，这里代指船。

③ 玉箸：玉做成的筷子。箸，筷子。这是形容泪珠滚滚而下，如

同一条条"玉箸"。

④ 思归乐:杜鹃鸟的别名。因杜鹃鸟鸣叫声似"不如归去",故称。白居易《和思归乐》诗:"山中独栖鸟,夜半声嘤嘤。似道思归乐,行人掩泣听。"另有一说是指曲调名《思归引》。

⑤ "回首"句:这句是倚舟怀人的女子的设想之辞。因为思念的人还不回来,所以她推想或许是那人感情冷淡了。萧索,冷落。

### 辑评

陈廷焯云:苍莽中有神韵。(《词则·放歌集》)

# 女冠子

含娇含笑,宿翠残红窈窕①。鬓如蝉②。寒玉簪秋水,轻纱卷碧烟③。　　雪胸鸾镜里④,琪树凤楼前⑤。寄语青娥伴⑥,早求仙⑦。

### 注释

① "含娇"二句:写女子虽是隔夜残妆,翠眉已薄,胭脂已淡,但仍然含娇含笑,美丽漂亮。

② 鬓如蝉:即蝉鬓,古代女子的一种发式,详见温庭筠《菩萨蛮》(杏花含露团香雪)注。

③ "寒玉"二句:谓玉簪质地清凉如秋水,轻纱披肩如烟如雾。

④ 雪胸:雪白的胸脯。鸾镜:饰有鸾鸟图案的妆镜。

⑤ 琪树:仙家的玉树。

⑥ 青娥:娇美之少女。

⑦ 早求仙:这里是指早日入道观为女冠。女冠,即女道士。

## 辑评

汤显祖云:"宿翠残红窈窕",新妆初试,当更妩媚撩人。情语不当为登徒子见也。(汤显祖评本《花间集》)

沈际飞云:宿翠残妆尚窈窕,新妆又当何如? 又云:"寒玉"二句,仙乎! 幽闲之情。郎子风流,艳词发之。(《草堂诗余别集》)

陈廷焯云:绮语撩人,丽而秀,秀而清,故佳。(《云韶集》)又云:仙骨珊珊,知非凡艳。后半无味。(《词则·闲情集》)


# 玉蝴蝶

秋风凄切伤离, 行客未归时①。塞外草先衰, 江南雁到迟②。　　芙蓉凋嫩脸, 杨柳堕新眉③。摇落使人悲④，断肠谁得知。

## 注释

① 行客：出行在外、客居他乡的人。

② 雁到迟：语意双关，寓行客音书迟迟未到之意。

③ "芙蓉"二句：意谓嫩脸憔悴如芙蓉之凋谢，新眉不描似柳叶之脱落。这是写女主人公如花柳一样憔悴。

④ 摇落：指秋之凋残。《楚辞·九辩》："悲哉，秋之为气也，萧瑟兮草木摇落而变衰。"

## 辑评

　　陈廷焯云："塞外"十字，抵多少《秋声赋》。　又云："凋嫩脸"、"堕新眉"，微落俗调。结语怨，却有含蓄。（《词则·大雅集》）

# 清平乐

　　洛阳愁绝，杨柳花飘雪①。终日行人恣攀折②，桥下水流呜咽。　　上马争劝离觞③，南浦莺声断肠④。愁杀平原年少⑤，回首挥泪千行。

## 注释

① "洛阳"二句:意谓暮春时节,洛阳城内,杨花飘飞如雪,令人悲愁至绝。

② 恣攀折:任意攀折,指行人折柳送别。

③ "上马"句:谓临行前大家争着劝离别之酒。

④ 南浦:泛指送别之地。江淹《别赋》:"送君南浦,伤如之何。"

⑤ 愁杀:愁煞。平原年少:即指少年。平原,战国时赵邑,燕赵古多慷慨悲歌之士,故常挥泪惜别。

## 辑评

陈廷焯云:上半阕最见风骨,下半阕微逊。上三句说柳,下忽接"桥下水流呜咽"六字,正以衬出折柳之悲,水亦为此呜咽。如此着墨,有一片神光,自离自合。(《云韶集》) 又云:"桥下"句从离人眼中看得,耳中听得。(《词则·放歌集》)

丁寿田等云:此词悲壮而有风骨,不类儿女惜别之作。其作于被贬之时乎?(《唐五代四大名家词》)

俞陛云云:通是写离人情事,结句尤佳。临歧忍泪,恐益其悲,更难为别。至别后回头,料无人见,始痛洒千行之泪,洵情至语也。后人有出门诗云:"欲泣恐伤慈母意,出门方洒泪千行。"此意于别母时赋之,弥见天性之笃。(《唐词选释》)

# 遐方怨

凭绣槛①，解罗帏②。未得君书，肠断，潇湘春雁飞③。不知征马几时归。海棠花谢也，雨霏霏。

## 注释

① 绣槛:雕花的栏杆。

② 罗帏:绮罗帏帐。

③ "未得"三句:意谓只见潇湘春雁飞去又飞来,却没有郎君的音书,令人肝肠欲断。潇湘,潇水与湘水的合称。

## 辑评

陈廷焯云:神味宛然。(《词则·别调集》)


# 遐方怨

花半坼①，雨初晴。未卷珠帘，梦残惆怅闻晓莺②。　　宿妆眉浅粉山横③。约鬟鸾镜里④，绣罗轻。

## 注释

① 坼(chè 彻)：裂开。这里指花朵欲开未开。

② "梦残"句：言晓莺啼破梦境转而生出惆怅。"梦残惆怅"四字隐约透露出女子的相思之情。

③ "宿妆"句：意谓女子清晨起床，眉妆褪色，露出了粉底。粉山，指黛眉变浅而露出打底的白粉。

④ "约鬟"句：指在有鸾鸟图案的妆镜里束发为鬟髻。

## 辑评

徐士俊云："断肠"、"梦残"二语，音节殊妙。（见卓人月《古今词统》）

李冰若云："梦残"句妙，"宿妆"句又太雕矣。"粉山横"意指额上粉，而字句甚生硬。（《栩庄漫记》）

# 梦江南

千万恨，恨极在天涯①。山月不知心里事，水风空落眼前花，摇曳碧云斜②。

## 注释

① "恨极"句：这里代指怨恨远在天边之人。

② 摇曳:摇摇晃晃。

## 辑评

汤显祖云:风华情致,六朝人之长短句也。(汤显祖评本《花间集》)

徐士俊云:("山月"句)幽凉殆似鬼作。(见卓人月《古今词统》)

沈际飞云:"山月"二句,惨境何可言。(《草堂诗余别集》)

陈廷焯云:低细深婉,情韵无穷。(《云韶集》) 又云:低回宛转。(《词则·别调集》)

李冰若云:"摇曳"一句,情景交融。(《栩庄漫记》)

唐圭璋云:此首叙漂泊之苦,开口即说出作意。"山月"以下三句,即从"天涯"两字上,写出天涯景色,在在堪恨,在在堪伤。而远韵悠然,令人讽诵不厌。(《唐宋词简释》)

# 梦江南

梳洗罢,独倚望江楼。过尽千帆皆不是,斜晖脉脉水悠悠①,肠断白蘋洲②。

## 注释

① 脉脉:凝视貌。这里是含情不语之意。悠悠:含愁不尽。

梦江南（梳洗罢）

② 白蘋洲：开满白色蘋花的洲渚。这里指当时的分手之处。

## 辑评

汤显祖云："朝朝江口望，错认几人船。"同一结想。（汤显祖评本《花间集》）

沈际飞云：痴迷，摇荡，惊悸，惑溺，尽此二十余字。（《草堂诗余别集》）

谭献云：犹是盛唐绝句。（谭评《词辨》）

陈廷焯云：绝不着力，而款款深深，低回不尽，是亦谪仙才也。吾安得不服古人？（《云韶集》）

俞陛云云："千帆"二句，窈窕善怀，如江文通之"黯然销魂"也。（《唐词选释》）

李冰若云：《楚辞》："望夫君兮未来，吹参差兮谁思？""嫋嫋兮秋风，洞庭波兮木叶下。"幽情远韵，令人至不可聊。飞卿此词"过尽千帆皆不是，斜晖脉脉水悠悠"，意境酷似《楚辞》，而声情绵渺，亦使人徒唤奈何也。柳词"想佳人倚楼长望，误几回天际识归舟"从此化出，欲露勾勒痕迹矣。又云：柳子厚"渔翁夜傍西岩宿，晓汲清湘燃楚竹"一诗，论者谓删却末二句尤佳。余谓柳诗全首，正复幽绝。然如飞卿此词末句，真为画蛇添足，大可重改也。"过尽"二语，既极怊怅之情，"肠断白蘋洲"一语点实，便无余韵。惜哉，惜哉！（《栩庄漫记》）

唐圭璋云：此首记倚楼望归舟，极尽惆怅之情。起两句，记午睡起倚楼。"过尽"两句，寓情于景。千帆过尽，不见归舟，可见凝望之久、凝恨之深。眼前但有脉脉斜晖、悠悠绿水,江天极目,情何能已。末句,揭出肠断之意,余味隽永。温词大抵绮丽浓郁,而此两首则空灵疏荡,别具丰神。(《唐宋词简释》)

华钟彦云:自晓妆罢,至日晡时,数尽千帆,皆非其人,其苦可知矣。所望见者,非所欲见,故断肠也。(《花间集注》)

# 河 传

湖上,闲望。雨萧萧,烟浦花桥路遥①。谢娘翠蛾愁不消②,终朝,梦魂迷晚潮。　　荡子天涯归棹远③,春已晚,莺语空肠断。若耶溪④,溪水西,柳堤,不闻郎马嘶。

## 注释

① 烟浦:云烟笼罩的水滨。

② 谢娘:这里指女主人公。详见温庭筠《更漏子》(柳丝长)注。
　　翠蛾:翠眉。

③ 荡子:古代女子称自己远行不归或流荡忘返的丈夫。《古诗十九首》:"荡子行不归,空房难独守。"

④ 若耶溪:溪名,在今浙江绍兴若耶山下,相传西施曾在此

浣纱。

## 辑评

　　徐士俊云：或两字断，或三字断，而笔致宽舒，语气联属，斯为妙手。（见卓人月《古今词统》）

　　陈廷焯云："梦魂迷晚潮"，五字警绝。用蝉联法更妙，直是化境。（《云韶集》）　又云：凄怨而深厚，最是高境。此调最不易合拍，五代而后，几成绝响。（《词则·大雅集》）

　　俞陛云云：此调音节特妙处，在以两字为一句。如"终朝"、"柳堤"，与下句同韵，句断而意仍连贯。飞卿更以风华掩映之笔出之，洵《金荃》能手。（《唐词选释》）

　　唐圭璋云：此首二、三、四、五、七字句，错杂用之，故声情曲折婉转，或敛或放，真似"大珠小珠落玉盘"也。"湖上"点明地方。"闲望"两字，一篇之主。烟雨模糊，是望中景色；眉锁梦迷，是望中愁情。换头，写水上望归，而归棹不见。着末，写堤上望归，而郎马不嘶。写来层次极明，情致极缠绵。白雨斋谓"直是化境"，非虚誉也。（《唐宋词简释》）


# 蕃女怨

万枝香雪开已遍①，细雨双燕。钿蝉筝②，金雀扇③，画梁相见。雁门消息不归来④，又飞回。

## 注释

① 香雪:指杏花。

② 钿蝉筝:镶嵌着金蝉的筝。

③ 金雀扇:画有金雀的扇子。

④ "雁门"句:写闺中女子在盼望戍边丈夫的归来。雁门,即雁
门关,在今山西代县,古为戍守重地。这里泛指边塞。

## 辑评

徐士俊云:字字古艳。(见卓人月《古今词统》)

陈廷焯云:"又飞回"三字,更进一层,令人叫绝,开两宋先
声。《云韶集》） 又云:"又飞回"三字,凄婉特绝。(《词则·别
调集》)

# 蕃女怨

碛南沙上惊雁起①,飞雪千里。玉连环②,金镞
箭③,年年征战。画楼离恨锦屏空④,杏花红。

**注释**

① 碛(qì 气):沙漠。这里指边塞荒漠之地。

② 玉连环:紧束战袍之物。马戴《陇头水》诗:"金带连环束战袍。"

③ 金镞(zú 族)箭:装有金属箭头的箭。镞,箭头。

④ 锦屏:用彩色丝线绣成的屏风。

**辑评**

  陈廷焯云:起二句,有力如虎。(《词则·别调集》)

  俞陛云云:唐人每作征人、思妇之诗,此词意亦犹人,其擅胜处在节奏之哀以促,如闻急管么弦。此词借燕雁以寄怀。(《唐词选释》)

# 荷叶杯

  一点露珠凝冷①,波影,满池塘。绿茎红艳两相乱②,肠断,水风凉。

**注释**

① 露珠凝冷:露珠凝着寒气。

② "绿茎"句:意谓荷池里绿色的荷枝与红色的荷花相互错杂着。

## 辑评

李冰若云:全词实写处多,而以"肠断"二字融景入情,是以俱化空灵。(《栩庄漫记》)

华钟彦云:此破晓时景也,故云"绿茎红艳相乱",若于月下,则不应辨色矣。(《花间集注》)

# 荷叶杯

楚女欲归南浦,朝雨,湿愁红①。小舡摇漾入花里②,波起,隔西风③。

## 注释

① 愁红:指花。李贺《黄头郎》诗:"南浦芙蓉影,愁红独自垂。"

② 舡:同"船"。摇漾:形容船在水中划行的样子。

③ 隔西风:谓小船已入荷花深处,隔着西风。

## 辑评

汤显祖云:唐人多缘题起词,如《荷叶杯》,佳题也。此公按

题矣,词短而无深味;韦相尽多佳句,而又与题茫然,令人不无遗恨。(汤显祖评本《花间集》)

陈廷焯云:飞卿"镜水夜来秋月"一作,押韵嫌苦;此作节奏天然,故录此遗彼。(《云韶集》) 又云:节短韵长。(《词则·别调集》)

李冰若云:飞卿所为词,正如《唐书》所谓侧辞艳曲,别无寄托之可言。其淫思古艳在此,词之初体亦如此也。如此词若依皋文之解《菩萨蛮》例,又何尝不可以"波起隔西风"作"玉钗头上风"同意? 然此词实极宛转可爱。(《栩庄漫记》)

皇甫松　字子奇,自号檀栾子,睦州新安(今浙江淳安)人,中唐古文家皇甫湜之子。其生卒年不详,估计与温庭筠同时。从《花间集》所称词人皆为官名而独呼皇甫松为"先辈",可知其未做过官。皇甫松词,没有花间词所特有的绮靡之情,而大多表现得清新流转,正如李冰若所云:"秀雅在骨,初日芙蓉春月柳,庶几与韦相同工。"(《栩庄漫记》)

# 天仙子

晴野鹭鸶飞一只,水蕻花发秋江碧①。刘郎此日别天仙②,登绮席,泪珠滴,十二晚峰高历历③。

## 注释

① 水蕻(hóng 洪):即蕻菜,可食用。因茎中空,又称空心菜。

② 刘郎:南朝宋刘义庆《幽明录》载,东汉明帝永平五年,刘晨、阮肇入天台山采药迷路,遇到两个仙女,被邀至家中,设酒宴款待。半年后求归,回到家里时,子孙已经历了七代。刘郎,指刘晨。天仙,指天台山仙女。此句系以刘郎别仙女事暗寓女主人公与心上人的分离。

③ 十二晚峰:即巫山十二峰。

汤显祖云:余有诗云:"推窗历历数晴峰。"恍与此合。(汤显祖评本《花间集》)

陈廷焯云:"一只"妙。结有远韵,是从"江上数峰青"化出。(《词则·别调集》)

郑文焯云:其声挥绰。(见《花间集评注》)

# 天仙子

踯躅花开红照水①,鹧鸪飞绕青山觜②。行人经岁始归来③,千万里,错相倚,懊恼天仙应有以④。

**注释**

① 踯躅(zhí zhú 直烛)花:杜鹃花的别名。王建《宫词》:"敕赐一窠红踯躅。"

② 山觜(zuǐ 嘴):山的入口处。觜,鸟喙。

③ "行人"句:这里指刘晨、阮肇,见上首注。

④ "错相倚"二句:意谓天仙错靠了人间的刘、阮,不得白头偕老而懊悔。有以,有因,有缘由。

# 浪淘沙

滩头细草接疏林,浪恶罾船半欲沉①。宿鹭眠鸥飞旧浦,去年沙觜是江心②。

**注释**

① 罾(zēng 增)船:渔船。罾,渔网。
② 沙觜:水边突出的沙岸。

黄叔灿云：不庄不俗，别有风情。（《唐诗笺注》）

吴世昌云：末句点题，正是咏浪淘沙情况。（《词林新话》）

# 浪淘沙

蛮歌豆蔻北人愁①，蒲雨杉风野艇秋。浪起鵁鶄眠不得②，寒沙细细入江流。

## 注释

① "蛮歌"句：意谓南方人唱豆蔻歌使北方人听了发愁。蛮，南方的少数民族。豆蔻，草本植物，春末开花，色淡红，极鲜艳，古人常用来借比少女。杜牧《赠别》诗："娉娉袅袅十三余，豆蔻梢头二月初。"

② 鵁鶄(jiāo jīng 交京)：一种水鸟。

## 辑评

黄叔灿云：风雨扁舟，浪惊沙鸟，煞是有情，景色亦妙。（《唐诗笺注》）

陈廷焯云：唐人《浪淘沙》本是可歌绝句，措语亦紧切调名，自后主"帘外雨潺潺"二阕后，竞相沿袭，古调不复弹矣。（《词

则·别调集》)

李冰若云:玉茗翁谓前词有沧桑之感,余谓此首亦有受谗畏讥之意,寄托遥深,庶几风人之旨。(《栩庄漫记》)


# 摘得新

酌一卮①,须教玉笛吹。锦筵红蜡烛②,莫来迟。繁红一夜经风雨③,是空枝。


## 注释

① 酌一卮(zhī 支):酌满一卮酒。卮,古代一种盛酒器。
② 锦筵:精美的筵席。
③ 繁红:繁花。


## 辑评

汤显祖云:"自是寻春去较迟",情痴之感,亦负心之痛也。摘得新者,自不落风雨之后。(汤显祖评本《花间集》)

徐士俊云:("繁红"二句)比杜秋娘"莫待无花空折枝"更有含蓄。(见卓人月《古今词统》)

周珽云:此有来日苦短,秉烛夜游之意。盖花无久红,人不

60

长少,垂念到此,可不及时行乐耶?　又云:见得破,说得到,熟读古乐府来。(《删补唐诗选脉笺释会通评林》)

陈廷焯云:及时勿失,感慨系之。(《词则·别调集》)

况周颐云:词以含蓄为佳,亦有不妨说尽者。皇甫子奇《摘得新》云:"繁红一夜经风雨,是空枝。"语淡而沉痛欲绝。(《餐樱庑词话》)

俞陛云云:清景一失,如追亡逋,少年不惜,老大徒悲。谪仙之秉烛夜游,即锦筵红烛意也。(《唐词选释》)

李冰若云:语浅意深而不病其直者,格高故也。(《栩庄漫记》)

# 摘得新

摘得新①,枝枝叶叶春。管弦兼美酒,最关人②。平生都得几十度,展香茵③。

**注释**

① 摘得新:摘得鲜花。

② 最关人:最牵动人的感情。

③ "平生"二句:意谓一生能有多少回这种铺展香垫、听歌喝酒

的机会啊!

**辑评**

黄昇云:皇甫松为牛僧孺甥,以《天仙子》著名,终不若《摘得新》二首为有达观之见。(见沈雄《古今词话·词评》)

汤显祖云:敲醒世人蕉梦,急当着眼。(汤显祖评本《花间集》)

李冰若云:"未知平生当著几两屐",昔诵此语,辄为怊怅。子奇《摘得新》,盖窃取此意也。然其源皆出于《唐风·蟋蟀》之什。(《栩庄漫记》)

# 梦江南

兰烬落①,屏上暗红蕉②。闲梦江南梅熟日,夜船吹笛雨萧萧,人语驿边桥③。

**注释**

① 兰烬:蜡烛的余烬,因其形如兰心,故称。

② "屏上"句:屏风上的美人蕉也因之暗淡。

③ 驿:驿站,驿亭,古代官道旁供行人住宿和换马的处所。

汤显祖云:好景多在闲时,风雨潇潇何害。(汤显祖评本《花间集》)

徐士俊云:末二句是中晚唐警语。(《古今词统》)

陈廷焯云:梦境,画境。词虽盛于宋,实唐人开其先路也。(《云韶集》)

俞平伯云:所写梦境本是美满的,醒后因旧欢不能再遇,就变为惆怅了。用"惆怅事"一语点明梦境,又可包括其他情事,明了而又含蓄。(《唐宋词选释》)

唐圭璋云:此首写梦境,情味深长。"兰烬"两句,写闺中深夜景象,烛花已落,屏画已暗,人亦渐入梦境。"闲梦"二字,直贯到底,梦江南梅熟,梦夜雨吹笛,梦驿边人语,情景逼真,欢情不减。然今日空梦当年之乐事,则今日之凄苦,自在言外矣。(《唐宋词简释》)

# 梦江南

楼上寝,残月下帘旌①。梦见秣陵惆怅事②,桃花柳絮满江城,双髻坐吹笙③。

## 注释

① 帘旌：帘额，即帘子上部所缀的短帘。

② 秣陵：金陵，今江苏南京。

③ 双髻：少女的一种发型，即在头两侧分挽发髻。这里指代
少女。

## 辑评

陈廷焯云：皇甫子奇《梦江南》、《竹枝》诸篇，合者可寄飞卿
庑下，亦不能为之亚也。（《白雨斋词话》） 又云：凄艳似飞卿，
爽快似香山。（《云韶集》） 又云：梦境，画境，婉转凄清，亦飞卿
之流亚也。（《词则·大雅集》）

俞陛云云：调倚《忆江南》，两词皆其本体。江头暮雨，画船
闻桃叶清歌；楼上清寒，笙管摩刘妃玉指。语语带六朝烟水气
也。（《唐词选释》）

王国维云：黄叔旸称《摘得新》二首为有达观之见，余谓不若
《忆江南》二阕情味深长，在乐天、梦得上也。（王国维辑《檀栾子
词》后记）

唐圭璋云：此首与前首同写梦境，作法亦相同。起处皆写
深夜景象，惟前者写室内之烛花落几，此首则写室外之残月下
帘。"梦见"以下，亦皆梦中事，梦中景色，梦中欢情，皆写得灵
动美妙。两首《梦江南》，纯以赋体铺叙，一往俊爽。（《唐宋词
简释》）

# 采莲子

菡萏香连十顷陂<sup>举棹</sup><sup>①</sup>，小姑贪戏采莲迟<sup>年少</sup>。晚来弄水船头湿<sup>举棹</sup>，更脱红裙裹鸭儿<sup>年少</sup>。

## 注释

① 菡萏(hàn dàn 汗旦)：即荷花。陂：蓄水的池沼。此词每句句末所加的"举棹"、"年少"，都是《采莲子》例有的和声。

## 辑评

钟惺云：写出憨情便奇。(《唐诗归》)

刘永济云：此二首中之"举棹"、"年少"，皆和声也。采莲时，女伴甚多，一人唱"菡萏香连十顷陂"一句，余人齐唱"举棹"和之。第二、三、四句亦同。写采莲女子之生活片段，非常生动，读之如见电影镜头，将当日采莲情景摄入，有非画笔所能描绘者。盖唐时礼教不如宋以后之严，妇女尚较自由活泼也。(《唐五代两宋词简析》)

李冰若云："更脱红裙裹鸭儿"，写女儿憨态可掬。(《栩庄漫记》)

# 采莲子

船动湖光滟滟秋<sup>举棹</sup><sup>①</sup>，贪看年少信船流<sup>年少</sup><sup>②</sup>。

采莲子（菡萏香连十顷陂）

无端隔水抛莲子举棹③，遥被人知半日羞年少。

## 注释

① 滟滟：湖水摇动闪烁。

② 信船流：听任小船自流。

③ 莲子：此处是谐音双关，莲子谐"怜子"。怜，爱。

## 辑评

汤显祖云：人情中语，体贴工致，不减觌面见之。（汤显祖评本《花间集》）

况周颐云：写出闺娃稚憨情态，匪夷所思，是何笔妙乃尔！（《餐樱庑词话》）

韦　庄　(836—910),字端己,京兆杜陵(今陕西西安)人,中唐诗人韦应物的四世孙。家贫力学,才思过人。于长安应举时,适逢黄巢攻破京城,陷兵火中几近死去。随后逃离长安,浪游长江南北。五十九岁始中进士,授校书郎。六十六岁入蜀,节度使王建任为掌书记。王建称帝,被拜为宰相。韦庄词与温庭筠词齐名,并为花间派领袖,然风格却迥然不同,温词浓艳绮靡,含情深隐,韦词清丽疏淡,明白吐露。王国维指出:"端己词情深语秀,虽规模不及后主、正中,要在飞卿之上。"(《唐五代二十一家词辑》)

# 浣溪沙

　　惆怅梦余山月斜①,孤灯照壁背窗纱②,小楼高阁谢娘家③。　　暗想玉容何所似,一枝春雪冻梅花,满身香雾簇朝霞④。

**注释**

① 梦余:谓梦残,也就是梦醒的时候。

② 背:犹暗。

③ 谢娘家:这里指男主人公所钟情的女子的居处,也是他梦到的地方。

④ 簇:攒聚的样子。

## 辑评

汤显祖云：以"暗想"句问起，越见下二句形容快绝。（汤显祖评本《花间集》）

沈际飞云：为花锡宠。　又云：美人洵花真身，花洵美人小影。（《草堂诗余别集》）

李冰若云："香花一枝春带雨"、"一枝春雪冻梅花"，皆善于拟人，妙于形容，视滴粉搓脂以为美者，何啻仙凡。（《栩庄漫记》）

# 浣溪沙

绿树藏莺莺正啼，柳丝斜拂白铜堤①，弄珠江上草萋萋②。　日暮饮归何处客，绣鞍骢马一声嘶③，满身兰麝醉如泥④。

## 注释

① 白铜堤：堤名，在今湖北襄樊。孟郊《献襄阳于大夫》诗："襄阳青山郭，汉江白铜堤。"

② 弄珠江：泛指江流。无名氏诗："弄珠江上草，无日不萋萋。"

③ 骢马：青白色的马。

④ "满身"句:游客的"醉如泥"是因为他见到弄珠江上的萋萋芳
  草而生离情,故借酒浇愁而沉醉。兰麝,兰草和麝香两种香
  料,这里指香气。

## 辑评

汤显祖云:("满身"句)痛饮真吾师。(汤显祖评本《花间集》)


# 浣溪沙

夜夜相思更漏残①,伤心明月凭栏干②,想君思
我锦衾寒。　　咫尺画堂深似海③,忆来惟把旧书
看④,几时携手入长安。


## 注释

① 更漏残:指五更将尽,天欲黎明。更漏,古代以铜壶滴漏计时。
② 凭栏干:即倚栏杆。
③ "咫尺"句:意思说画堂不过咫尺,却好像海一般深远。咫尺,
  比喻距离很近。
④ 旧书:往日的书信。

# 辑评

汤显祖云:"想君"、"忆来"二句,皆意中意,言外言也。水中着盐,甘苦自知。(汤显祖评本《花间集》)

沈际飞云:替他思,妙。(《草堂诗余别集》)

陈廷焯云:对面着笔妙甚,好声情。(《云韶集》) 又云:从对面设想,便深厚。(《词则·大雅集》)

况周颐云:韦端己《浣溪沙》云:"咫尺画堂深似海,忆来惟把旧书看。"《谒金门》云:"新睡觉来无力,不忍把君书迹。"一意化两,并皆佳妙。(《餐樱庑词话》)

俞陛云云:端己相蜀后,爱妾生离,故乡难返,所作词本此两意为多。此词冀其"携手入长安",则两意兼有。(《唐词选释》)

李冰若云:"想君思我锦衾寒"句由己推人,代人念己,语弥淡而情弥深矣。(《栩庄漫记》)

郑文焯云:善为淡语,气古使然。(见《花间集评注》)

丁寿田等云:《全唐诗话》崔郊有婢鬻于连帅,郊有诗曰:"侯门一入深如海,从此萧郎是路人。"故此句言伊人所居,虽近而不得见面也。此词疑亦思念旧姬之作。(《唐五代四大名家词》)

俞平伯云:下三句说出本事。人不必远,以阻隔而堂深;其所以阻隔却未说破。"携手入长安"者,盖旧约也,今惟有把书重看耳,几时得实现耶?宋周邦彦《浣溪沙》:"不为萧娘旧约寒,何因容易别长安。"殆即由此变化,而句意较明白,可作为解释读。

　　唐圭璋云：此首怀人。上片，从对面着想，甚似老杜"今夜鄜州月"一首作法。下片，言己之忆人，一句一层。"咫尺"句，言人去不返；"忆来"句，言相忆之深；"几时"句，叹相见之难，亦"何时倚虚幌，双照泪痕干"之意。（《唐宋词简释》）

# 菩萨蛮

　　红楼别夜堪惆怅①，香灯半卷流苏帐②。残月出门时，美人和泪辞。　　琵琶金翠羽③，弦上黄莺语④。劝我早归家，绿窗人似花。

## 注释

① 红楼：富家女所居之楼，这里泛指闺楼。别夜：离别之夜。

② 流苏：用五彩丝线做成的穗状饰物。

③ 金翠羽：指琵琶上金翠色鸟形的装饰。

④ "弦上"句：形容琵琶弹奏声宛如黄莺唱歌。

## 辑评

　　汤显祖云：词本《菩萨蛮》，而语近《江南弄》、《梦江南》等，亦

作者之变风也。(汤显祖评本《花间集》)

周珽云:《菩萨蛮》一词,倡自青莲。嗣后温飞卿辈辄多佳句,然高艳涵养有情,觉端己此首大饶奇想。(《删补唐诗选脉笺释会通评林》)

许昂霄云:语意自然,无刻画之痕。(《词综偶评》)

张惠言云:此词盖留蜀后寄意之作,一章言奉使之志,本欲速归。(《词选》)

谭献云:亦填词中《古诗十九首》,即以读"十九首"心眼读之。(谭评《词辨》)

陈廷焯云:情词凄绝,柳耆卿之祖。(《云韶集》) 又云:深情苦调,意婉词直,屈子《九章》之遗。词至端己,语渐疏,情意却深厚,虽不及飞卿之沉郁,亦古今绝构也。(《词则·大雅集》)

王国维云:"弦上黄莺语",端己语也,其品亦似之。(《人间词话》)

俞平伯云:此词殊妥帖,闲闲说出,正合开篇光景,其平淡处皆妙境也。(《读词偶得》)

唐圭璋云:此首追忆当年离别之词。起言别夜之情景,次言天明之分别。换头承上,写美人琵琶之妙。末两句,记美人别时言语。前事历历,思之惨痛,而欲归之心,亦愈迫切。韦词清秀绝伦,与温词之浓艳者不同,然各极其妙。(《唐宋词简释》)

# 菩萨蛮

人人尽说江南好，游人只合江南老①。春水碧于天，画船听雨眠。　　垆边人似月②，皓腕凝双雪③。未老莫还乡，还乡须断肠④。

## 注释

① 只合：只应，只当。
② 垆边人：当垆卖酒的女子，这里暗用汉代司马相如与卓文君当垆卖酒的故事。垆：酒店安放酒坛的土台子。垆，一作"炉"。
③ "皓腕"句：谓女子露出衣袖的一双手腕肤白如雪。
④ 须：应。

## 辑评

汤显祖云：（"春水"二句）江南女子，只如此耶？（汤显祖评本《花间集》）

许昂霄云：或云，江南好处，如斯而已耶？然此景此情，生长雍冀者，实未曾梦见也。（《词综偶评》）

张惠言云：此章述蜀人劝留之辞，即下章云"满楼红袖招"也。江南即指蜀，中原沸乱，故曰"还乡须断肠"。（《词选》）

谭献云：强颜作愉快语，怕断肠，肠亦断矣。（谭评《词辨》）

陈廷焯云：一幅春水画图。意中是乡思，笔下却说江南风景好,真是泪溢中肠,无人省得。结言风尘辛苦,不到暮年,不得回乡,预知他日还乡必断肠也,与第二语口气合。(《云韶集》)又云:韦蜀为江南,是其良心不泯处。端己人品未为高,然其情亦可哀矣。(《词则·大雅集》)

俞平伯云:此作清丽婉畅,真天生好言语,为人人所共见。(《读词偶得》)

唐圭璋云:此首写江南之佳丽,但有思归之意。起两句,自为呼应。人人既尽说江南之好,劝我久住,我亦可以老于此间也。"只合"二字,无限凄怆,意谓天下丧乱,游人飘泊,虽有乡不得还,虽有家不得归,惟有羁滞江南,以待终老。"春水"两句,极写江南景色之丽。"炉边"两句,极写江南人物之美。皆从一己之经历,证明江南果然是好也。"未老"句陡转,谓江南纵好,我仍思还乡,但今日若还乡,目击离乱,只令人断肠,故惟有暂不还乡,以待时定。情意宛转,哀伤之至。(《唐宋词简释》)


# 菩萨蛮

如今却忆江南乐[1],当时年少春衫薄。骑马倚斜桥,满楼红袖招[2]。　　翠屏金屈曲[3],醉入花丛宿。此度见花枝[4],白头誓不归。

## 注释

① 却忆：还忆，反而想起。

② 红袖：指年轻女郎。

③ 翠屏：镶嵌翠玉屏风。金屈曲：指屏风上的铰链，又名金屈膝。梁简文帝《乌栖曲》："织成屏风金屈膝。"

④ 此度：此次。花枝：指佳人。

## 辑评

　　张惠言云：上云"未老莫还乡"，犹冀老而还乡也。其后朱温篡成，中原愈乱，遂决劝进之志。故曰："如今却忆江南乐。" 又曰："白头誓不归。"则此词之作，其在相蜀时乎？（《词选》）

　　谭献云："如今却忆江南乐"是半面语，后半阕意不尽而语尽，"却忆"、"此度"四字，度人金针。（谭评《词辨》）

　　陈廷焯云：风流自赏，决绝语，正是凄楚语。（《云韶集》）

　　李冰若云：端己此二首自是佳词，其妙处如芙蓉出水，自然秀艳。按韦曾二度至江南，此或在中和时作，与入蜀后无关。张氏《词选》好为附会，其言不足据也。（《栩庄漫记》）

　　俞平伯云："此度"两句，一章之主意。谭献曰："意不尽而语尽。"此评极精。把话说得斩钉截铁，似无余味，而意却深长，愈坚决则愈缠绵，愈忍心则愈温厚。（《读词偶得》）

　　唐圭璋云：此首陈不归之意。语虽决绝，而意实伤痛。起言"江南乐"，承前首"江南好"。以下皆申言江南之乐。春衫纵马，

76

红袖相招，花丛醉宿，翠屏相映，皆江南乐事也。而红袖之盛意殷勤，尤可恋可感。"此度"与"如今"相应。词言江南之乐，则家乡之苦可知。兵干满眼，乱无已时，故不如永住江南，即老亦不归也。（《唐宋词简释》）

# 菩萨蛮

劝君今夜须沉醉，樽前莫话明朝事①。珍重主人心，酒深情亦深。　　须愁春漏短②，莫诉金杯满③。遇酒且呵呵④，人生能几何。

## 注释

① "樽前"句：谓酒席前只管饮酒，不谈他事。

② 春漏短：春夜短。漏，古代计时的滴漏。

③ 莫诉：不要推辞。

④ 呵呵：笑声，这里是强作欢笑的意思。

## 辑评

汤显祖云：一起一结，直写旷达之思。与郭璞《游仙》、阮籍《咏怀》，将毋同调？（汤显祖评本《花间集》）

丁寿田等云:"珍重"二句,以风流蕴藉之笔调,写沉郁潦倒之心情,真绝妙好词也。最后"人生能几何"一语,有将以前"年少"、"白头"等字样一笔勾销之概。(《唐五代四大名家词》)

李冰若云:端己身经离乱,富于感伤,此词意实沉痛,谓近阮公《咏怀》,庶几近之,但非旷达语也,其源盖出于《唐风·蟋蟀》之什。(《栩庄漫记》)

俞平伯云:"醉"字即从上章"醉入花丛宿"来。此章醉后口气,故通脱而不凝练,与前后异趣。端己在蜀功名显达,特眷怀故国,不能自已耳。此章写得恰好,自己之无聊与他人对己之恩遇,俱曲曲传神。(《读词偶得》)

# 菩萨蛮

洛阳城里春光好,洛阳才子他乡老①。柳暗魏王堤②,此时心转迷③。　　桃花春水渌④,水上鸳鸯浴。凝恨对残晖⑤,忆君君不知。

## 注释

① 洛阳才子:原指西汉贾谊,其长于诗赋,世称"洛阳才子",这里系作者自指。

78

菩萨蛮（洛阳城里春光好）

② 魏王堤:位于今河南洛阳,堤上多柳,为唐游览胜地。白居易
《魏王堤》诗:"何处未春先有思,柳条无力魏王堤。"

③ 心转迷:谓想起魏王堤上的烟柳,心里迷惘起来。

④ 渌:水清貌。

⑤ 凝恨:犹云积恨。残晖:夕阳。

## 辑评

汤显祖云:("洛阳才子他乡老"句)可怜,可怜,使我心恻。
(汤显祖评本《花间集》)

张惠言云:此章致思唐之意。(《词选》)

谭献云:"洛阳才子他乡老"至此揭出,项庄舞剑,怨而不怒
之义。(谭评《词辨》)

陈廷焯云:端己《菩萨蛮》四章,惓惓故国之思,而意惋词直,
一变飞卿面目,然消息正自相通。(《白雨斋词话》) 又云:中有
难言之隐。(《词则·大雅集》)

李冰若云:此首以词意按之,似是客洛阳时作,与前诸首无
可联系处,亦无从推断为入蜀暮年之词也。(《栩庄漫记》)

丁寿田等云:结尾二语,怨而不怒,无限低徊,可谓语重心长
矣。(《唐五代四大名家词》)

唐圭璋云:此首忆洛阳之词。身在江南,还乡固不能,即
洛阳亦不得去,回忆洛阳之乐,不禁心迷矣。起两句,述人在
他乡,回忆洛阳春光之好。"柳暗"句,设想此际洛阳魏王堤上
之繁盛。"桃花"两句,又说到眼前景色,使人心恻。末句,对

景怀人,朴厚沉郁。(《唐宋词简释》)

# 归国遥

　　春欲暮,满地落花红带雨[1]。惆怅玉笼鹦鹉,单栖无伴侣[2]。　　　南望去程何许[3]?问花花不语。早晚得同归去[4],恨无双翠羽[5]。

## 注释

[1] 红带雨:谓雨夹杂着落花。

[2] "惆怅"二句:表面只是同情笼中鹦鹉"单栖无伴侣",实际上是自怜独处的孤寂。

[3] 何许:多少。

[4] 早晚:何时。

[5] 双翠羽:指青鸟。《艺文类聚》引《汉武故事》:"七月七日,上于承华殿斋,日正中,忽见有青鸟从西方来集殿前。上问东方朔,朔对曰:'西王母暮必降尊象,上宜洒扫以待之。'是夜漏七刻,空中无云,隐如雷声,竟天紫色,有顷,王母至。有二青鸟如乌,夹侍母旁。"后来的诗文中常以青鸟为传信之鸟,如李商隐《无题》诗:"蓬山此去无多路,青鸟殷勤为探看。"

**辑评**

汤显祖云:还不是解语花,不问也得。(汤显祖评本《花间集》)

# 归国遥

金翡翠①,为我南飞传我意。罨画桥边春水②,几年花下醉。　　别后只知相愧③,泪珠难远寄。罗幕绣帏鸳被④,旧欢如梦里。

**注释**

① 金翡翠:指金色的翡翠鸟。

② "罨(yǎn 眼)画"句:意谓桥边风景如画。罨画,杂色的彩画。明杨慎《丹铅总录》云:"画家有罨画,杂彩色画也。"

③ 相愧:指感到惭愧。

④ 鸳被:绣有鸳鸯图案的被子。

**辑评**

陈廷焯云:"别后只知相愧",真有此情。(《云韶集》)　又云:此亦《菩萨蛮》之意。(《词则·大雅集》)

吴梅云：端已《菩萨蛮》四章，惓惓故国之思，最耐寻味。而此词南飞传意，别后知愧，其意更为明显。陈亦峰论其词，谓似直而纤，似达而郁，洵然。(《词学通论》)

李冰若云：五代词有语极朴拙而情致极深者，如韦庄"别后只知相愧，泪珠难远寄"是也。(《栩庄漫记》)

# 归国遥

春欲晚，戏蝶游蜂花烂漫。日落谢家池馆①，柳丝金缕断②。　　睡觉绿鬟风乱③，画屏云雨散④。闲倚博山长叹⑤，泪流沾皓腕。

**注释**

① 谢家池馆：指佳人的居所。详见温庭筠《更漏子》(柳丝子)注。

② "柳丝"句：意谓柳丝被行人折断以赠别。

③ "睡觉"句：意谓睡觉起来，发鬟纷乱，如被风吹过一样。绿鬟，女子发鬟乌黑又多光彩，近浓绿色，故称。杜牧《阿房宫赋》："绿云扰扰，梳晓鬟也。"

④ 云雨：用宋玉《高唐赋》中楚王与巫山神女相会高唐之事。后

世以云雨代指男女欢合。

⑤ 博山：即博山炉，古香炉名，因其状如海中博山，故称。

## 辑评

汤显祖云：（"睡觉绿鬟风乱"句）好光景。（汤显祖评本《花间集》）

李冰若云："柳丝金缕断"，"断"字极劣。（《栩庄漫记》）

# 应天长

绿槐阴里黄莺语，深院无人春昼午①。画帘垂，金凤舞②，寂寞绣屏香一炷③。　　碧天云，无定处④，空有梦魂来去。夜夜绿窗风雨，断肠君信否？

## 注释

① 春昼午：春昼之正午时分。

② "画帘"二句：意谓垂帘上绘有金凤凰，风吹帘动，似金凤起舞。

③ 香一炷：指一支正在点燃的香。

④ "碧云天"二句：意谓所怀想的人如同碧天之云，行踪飘忽不定。

## 辑评

陈廷焯云:端己《菩萨蛮》词"凝恨对斜晖,忆君君不知",未尝不妙,然不及"断肠君信否"。(《云韶集》) 又云:亦"忆君君不知"意。(《词则·大雅集》)

唐圭璋云:此首,上片写昼景,下片写夜景。起两句,写帘外之静。次三句,写帘内之寂。深院莺语,绣屏香袅,其境幽绝。换头,述相思之切。着末,言风雨断肠,更觉深婉。(《唐宋词简释》)

# 应天长

别来半岁音书绝,一寸离肠千万结①。难相见,易相别,又是玉楼花似雪②。 暗相思,无处说,惆怅夜来烟月③。想得此时情切,泪沾红袖䖙④。

## 注释

① "一寸"句:意谓短短的一寸离肠也郁结着万千愁情。

② 玉楼:即闺楼。花似雪:指梨花如雪。

③ 烟月:指月色朦胧。

④ 红袖䖙(yuè 越):指红袖上有点点泪斑。䖙,黄黑色,又指污

渍。晋周处《风土记》:"梅雨沾衣,皆败黦。"

## 辑评

徐士俊云:以末一字而生一首之色。(见卓人月《古今词统》)

王士禛云:《花间》字法,最着意设色,异纹细艳,非后人纂组所及。如"泪沾红袖黦","画梁尘黦"……山谷所谓古蕃锦者,其殆是耶?(《花草蒙拾》)

吴梅云:《应天长》云:"夜夜绿窗风雨,断肠君信否。"又云:"难相见,易相别,又是玉楼花似雪。"皆望蜀后思君之辞。时中原鼎沸,欲归未能,言愁始愁,其情大可哀矣。(《词学通论》)

# 荷叶杯

绝代佳人难得,倾国①,花下见无期。一双愁黛远山眉②,不忍更思惟③。　　闭掩翠屏金凤④,残梦,罗幕画堂空。碧天无路信难通,惆怅旧房栊。

## 注释

① 倾国:指女子容貌绝美,令国人为之倾倒。《汉书·孝武李夫人传》:"北方有佳人,绝世而独立,一顾倾人城,再顾倾人国。"

② 愁黛远山眉:即愁眉,详见温庭筠《菩萨蛮》(雨晴夜合玲珑日)注。

③ 思惟:思量。

④ 金凤:饰物。这里指美人。

## 辑评

陈廷焯云:"不忍更思惟"五字,凄然欲绝,姬独何心能勿肠断耶。(《词则·别调集》)

许昂霄云:《荷叶杯》二阕,语淡而悲,不堪多读。(《词综偶评》)

华钟彦云:韦相词二首,皆怀念宠姬之作。(《花间集注》)

# 荷叶杯

记得那年花下,深夜,初识谢娘时①。水堂西面画帘垂,携手暗相期。　　惆怅晓为残月,相别,从此隔音尘②。如今俱是异乡人,相见更无因③。

## 注释

① 谢娘:即佳人。

② 隔音尘:指音信断绝。江总《折杨柳》诗:"万里音尘绝。"

③ 因:缘由。

## 辑评

汤显祖云：情景逼真，自与寻常艳语不同。（汤显祖评本《花间集》）

吴衡照云：真能摅摽擗之忧，发踟蹰之爱。（《莲子居词话》）

李冰若云：《浣花集》悼念亡姬之作甚多，《荷叶杯》、《小重山》当属同类。杨湜宋人纪宋事，且多错忤，其言不足据为典要。即如此词第二首，纯为追念所欢之词，亦不似《章台柳》也。 又云："惆怅晓莺残月，相别"，足抵柳屯田"杨柳岸，晓风残月"一阕。（《栩庄漫记》）

郑文焯云：钟仲伟云："观古今胜语，多非补假，皆由直寻。"于韦词益谅其言。（见《花间集评注》）

唐圭璋云：此首伤今怀昔。"记得"以下，直至"相别"，皆回忆当年初识时及相别时之情景。"从此"以下三句，言别后之思念，语浅情深。（《唐宋词简释》）


# 清平乐

春愁南陌①，故国音书隔②。细雨霏霏梨花白，燕拂画帘金额③。 尽日相望王孙④，尘满衣上泪痕。谁向桥边吹笛，驻马西望销魂⑤。

**注释**

① 南陌:南郊。梁武帝《河中之水歌》:"莫愁十三能织绮,十四
采桑南陌头。"

② 故国:故乡。

③ 金额:用金线装饰的帘额。额,帘之最上端。

④ 王孙:古代贵族子弟的通称,此指游子。《楚辞·招隐士》:
"王孙游兮不归,春草生兮萋萋。"

⑤ 驻马:停马。

**辑评**

　　李冰若云:下半阕笔极灵婉。(《栩庄漫记》)

　　吴世昌云:此首亦在江南作,故云:"故国音书隔"、"驻马西
望销魂"。"故国"指长安或成都。"尽日"句犹云"王孙尽日相
望",为韵脚故倒装。下句"尘满"亦指"王孙"之衣,即自己。
(《词林新话》)

# 清平乐

　　野花芳草,寂寞关山道①。柳吐金丝莺语早,惆
怅香闺暗老②。　　罗带悔结同心③,独凭朱栏思
深。梦觉半床斜月,小窗风触鸣琴④。

## 注释

① 关山道:指游子所行之处。

② 暗老:指时光流逝,不知不觉人已老去。

③ 结同心:旧时用罗带打成连环回文样式的结,用作男女相爱的象征。梁武帝《有所思》:"腰中双绮带,梦为同心结。"

④ 风触鸣琴:既是写当年琴瑟和谐的爱情,又是写如今丈夫远去的凄婉。

## 辑评

汤显祖云:坡老咏琴,已脱风幡之案。风触鸣琴,是风?是琴?须更转一解。(汤显祖评本《花间集》)

许昂霄云:前阕说远,后阕说近。　又云:三四与飞卿"门外草萋萋"二语意正相似。(《词综偶评》)

俞陛云云:首章云"故国音书隔",又云"驻马西望销魂",知此章亦思唐之意。其言悔结同心,倚阑深思者,身仕霸朝,欲退不可,徒费深思,迨梦觉而风琴触绪,斜月在窗,写来悲楚欲绝。(《五代词选释》)

李冰若云:昔爱玉溪生"三更三点万家眠,露结为霜月堕烟。斗鼠上堂蝙蝠出,玉琴时动绮窗弦"一诗,以为清婉超绝。韦相此词以"惆怅香闺暗老"为骨,亦盛年自惜之意。而"梦觉半床斜月,小窗风触鸣琴"为点醒,其声情绵邈,设色隽美,抑又过之。(《栩庄漫记》)

# 清平乐

莺啼残月，绣阁香灯灭①。门外马嘶郎欲别，正是落花时节。　　妆成不画蛾眉②，含愁独倚金扉③。去路香尘莫扫④，扫即郎去归迟。

## 注释

① "莺啼"二句：意谓莺啼月残的破晓时分才灭灯。

② 蛾眉：形容女子细长而柔美的眉毛。蚕蛾的触须细长而曲，故称。《诗经·卫风·硕人》："螓首蛾眉。"

③ 金扉：闺阁房门的美称。

④ 香尘：指遗留有郎君香气的尘土。

## 辑评

汤显祖云：（"门外"二句）情与时会，倍觉其惨。（"去路"二句）如此想头，几转法华。（汤显祖评本《花间集》）

沈际飞云：杜少陵"正是江南好风景，落花时节又逢君"，一逢一别，感共深。（《草堂诗余别集》）

吴世昌云："莺啼残月"亦为妇女代作闺怨之类，末联"去路香尘莫扫，扫即郎去归迟"是嘱咐使女之语，写当时风俗迷信，痴语愈见真情。（《词林新话》）

# 谒金门

　　春漏促[①]，金烬暗挑残烛[②]。一夜帘前风撼竹，梦魂相断续。　　有个娇娆如玉[③]，夜夜绣屏孤宿。闲抱琵琶寻旧曲，远山眉黛绿[④]。

## 注释

① 春漏促：谓春夜的滴漏声一声紧似一声，给人以急促之感。

② 金烬：金灯之余烬。烬，物体燃烧后剩下的部分。

③ 娇娆：形容女子的柔美妩媚。韩偓《意绪》诗："娇娆意态不胜羞。"这里指美人。

④ "远山"句：言眉黛如远山碧绿。

## 辑评

　　汤显祖云：情不知所起，一往而深。"闲抱琵琶寻旧曲"，直是无聊之思。（汤显祖评本《花间集》）

　　徐士俊云：末二句与"弹到断肠时，春山眉黛低"相类，而《花间》、《草堂》，语致自异，心手不知。（见卓人月《古今词统》）

# 谒金门

　　空相忆，无计得传消息。天上嫦娥人不识，寄书何处觅<sup>①</sup>。　　　新睡觉来无力，不忍把伊书迹<sup>②</sup>。满院落花春寂寂，断肠芳草碧。

## 注释

① "天上"二句：意谓本想请天上嫦娥代为传递书信，可是并不相识，无处再去寻觅可传书的人了。

② 把伊书迹：把看她的手迹。

## 辑评

杨湜云：韦庄以才名寓蜀，王建割据，遂羁留之。庄有宠人，资质艳丽，兼善词翰。建闻之，托以教内人为词，强庄夺去。庄追念悒怏，作《小重山》及《空相忆》云（从略）。情意凄怨，人相传播，盛行于时。姬后传闻之，遂不食而卒。（《古今词话》）

沈际飞云："天上"句粗恶。"把伊书迹"四字颇秀。"落花寂寂"淡语之有景者。（《草堂诗余正集》）

吴任臣云：庄有美姬，善文翰，高祖托以教宫人为词，强夺去。庄作《谒金门》词忆之，姬闻之不食而死。（《十国春秋》）

# 江城子

恩重娇多情易伤，漏更长<sup>①</sup>，解鸳鸯<sup>②</sup>。朱唇未动，先觉口脂香③。缓揭绣衾抽皓腕，移凤枕，枕潘郎④。

## 注释

① 漏更长：即更漏长。

② 解鸳鸯：解开绣有鸳鸯的带子。

③ 口脂：唇上胭脂。

④ 潘郎：晋朝潘岳貌美，后遂以潘郎泛指美男子。此处指情人。

## 辑评

汤显祖云：全篇摹画乐境，而不觉其流连狼藉，言简而旨远矣。（汤显祖评本《花间集》）

况周颐云："恩重娇多情易伤"，此语非于情中极有阅历者不能道。（《历代词人考略》）

# 江城子

髻鬟狼藉黛眉长①，出兰房②，别檀郎③。角声呜咽，星斗渐微茫④。露冷月残人未起，留不住，泪千行。

江城子（鬓鬟狼藉黛眉长）

## 注释

① 狼藉：形容散乱不整的样子。杜牧《叹花》诗："如今风摇花狼藉，绿叶成阴子满枝。"

② 兰房：犹言香闺。

③ 檀郎：晋代美男子潘岳小名檀奴，所以妇人称自己所喜欢的男子为檀郎。

④ "角声"二句：这里写景是为渲染女主人公的惨别之情。角声呜咽，号角声凄凉。微茫，稀疏模糊。

## 辑评

李冰若云：韦相《江城子》二首，描写顽艳，情事如绘，其殆作于江南客游时乎？（《栩庄漫记》）

# 河　传

何处，烟雨。隋堤春暮①，柳色葱茏②。画桡金缕③，翠旗高飐香风④，水光融。　　青娥殿脚春妆媚⑤，轻云里，绰约司花妓⑥。江都宫阙⑦，清淮月映迷楼，古今愁⑧。

## 注释

① 隋堤:隋炀帝开运河,沿途筑堤,世称隋堤。本词就是写隋炀帝开运河南游之事。

② 葱茏:草木青翠茂盛的样子。

③ 画桡:带有彩绘的船桨,代指船。金缕:船的装饰物。

④ "翠旗"句:意谓翠旗被香风吹得摇曳不定。飐(zhǎn 展),飘动。

⑤ 青娥殿脚:这里指为隋炀帝牵船的少女。殿脚,据《开河记》载,隋炀帝乘龙舟游扬州时,征吴越间民女十五六岁者五百人,为其牵挽彩缆,谓之殿脚女。

⑥ 绰约:形容女子美丽轻盈的样子。司花妓:主管花的女子。

⑦ 江都宫阙:指隋炀帝在扬州的宫殿。江都,今扬州。

⑧ 迷楼:隋炀帝所建,在今扬州市西北。据《迷楼记》载,炀帝既筑新宫,幸之,顾左右曰:"使真仙游其中,亦当自迷也,可目之曰迷楼。"

## 辑评

汤显祖云:"清淮月映"句,感慨一时,涕泪千占。(汤显祖评本《花间集》)

陈廷焯云:苍凉。《浣花集》中,此词最有骨。(《云韶集》)

李冰若云:全词以"何处"领起,中段辞藻极其富丽,而以"古今愁"三字结之,化实为空,以盛映衰,笔极宕动空灵。(《栩庄漫记》)

# 天仙子

深夜归来长酩酊①，扶入流苏犹未醒②。醺醺酒气麝兰和③。惊睡觉，笑呵呵，长道人生能几何④。

## 注释

① 酩酊:大醉。

② 流苏:指流苏帐。

③ 麝兰和:麝香和兰香相融合。

④ 长道:常道。

## 辑评

汤显祖云:有此和法，便不觉其酒气，虽烂醉如泥，受用矣。（汤显祖评本《花间集》）

李冰若云:此词写醉公子憨态如掬，与"门外猧儿吠"一词可合看也。（《栩庄漫记》）

# 天仙子

蟾彩霜华夜不分①，天外鸿声枕上闻。绣衾香冷懒重熏②。人寂寂，叶纷纷，才睡依前梦见君③。

## 注释

① 蟾彩:即月光。古时传说月中有蟾蜍,故用蟾作为月的代称。
　霜华:即霜。

② 熏:指用香料烧出烟来烘染衣被。

③ 依前:依旧,依然。

## 辑评

　　陈廷焯云:端己词时露故君之思,读者当会意于言外。(《词则·别调集》)

　　俞陛云云:月冷霜严,雁啼月落,写长夜见闻之凄寂。注重在结句醒而复睡,依旧梦之,可知其长毋相忘也。(《五代词选释》)

　　丁寿田等云:"依前"别作"依稀",但不若作"依前"胜。盖着"前"字,可知梦见非一次矣。(《唐五代四大名家词》)

　　李冰若云:清婉。(《栩庄漫记》)

# 天仙子

梦觉云屏依旧空①,杜鹃声咽隔帘栊。玉郎薄幸去无踪<sup>②</sup>。一日日，恨重重，泪界莲腮两线红<sup>③</sup>。

## 注释

① 云屏：画有云彩的屏风，或指用云母镶饰的屏风。

② 玉郎：对青年男子的美称，这里是对所欢男子的昵称。薄幸：
薄情，负心。杜牧《遣怀》诗："十年一觉扬州梦，赢得青楼薄
幸名。"

③ "泪界"句：意谓眼泪流下来，在莲花般娇美的脸腮上画出两
条界线。

## 辑评

李调元云：词用"界"字，始韦端已，《天仙子》词云："泪界莲
腮两线红。"宋子京《蝶恋花》词效之云："泪落胭脂，界破蜂黄
浅。"遂成名句。(《雨村词话》)

况周颐云：韦词运密入疏，寓浓于淡，如《天仙子》"蟾彩霜
华"、"梦觉云屏"二首及《浣溪沙》、《谒金门》、《清平乐》诸词，非
徒以丽句擅长也。(《餐樱庑词话》)

# 思帝乡

春日游，杏花吹满头。陌上谁家年少<sup>①</sup>，足风流。

妾拟将身嫁与，一生休②。纵被无情弃③，不能羞。

## 注释

① 陌上：路上。年少：少年人。

② 一生休：这一辈子也就什么也不用想、不用做了。

③ 无情：无情无义地。

## 辑评

　　徐士俊云：("妾拟"二句)死心塌地。(见卓人月《古今词统》)

　　贺裳云：小词以含蓄为佳，亦有作决绝语而妙者。如韦庄"陌上谁家年少，足风流。妾拟将身嫁与，一生休。纵被无情弃，不能羞"之类是也。牛峤"须作一生拚，尽君今日欢"抑亦其次。柳耆卿"衣带渐宽终不悔，为伊消得人憔悴"亦即韦意而气加婉矣。(《皱水轩词筌》)

　　李冰若云：爽隽如读北朝乐府"阿婆不嫁女，那得孙儿抱"诸作。(《栩庄漫记》)

# 诉衷情

　　烛烬香残帘未卷，梦初惊。花欲谢，深夜，月胧明。何处按歌声①，轻轻。舞衣尘暗生，负春情②。

① 按歌声:弹奏歌唱之声。

② "舞衣"二句:意谓因久不起舞而舞衣生尘,辜负了大好春光。

**辑评**

李冰若云:音节极谐婉。(《栩庄漫记》)

# 诉衷情

　　碧沼红芳烟雨静①,倚兰桡②。垂玉佩,交带③,袅纤腰。鸳梦隔星桥④,迢迢。越罗香暗销⑤,坠花翘⑥。

**注释**

① 碧沼:碧水池。红芳:红花。

② 兰桡(ráo 饶):对船桨的美称,这里借指华美的船。

③ 交带:结带。

④ "鸳梦"句:这里微微透露出美人的相思之情。星桥,即鹊桥。

⑤ 越罗:越地所织的罗绮。这里指穿着罗衣的美人。

⑥ 花翘:鸟尾羽毛制成的头饰。

汤显祖云:此词在成都作。蜀之伎女,至今有花翘之饰,名曰"翘花儿"云。(汤显祖评本《花间集》)

陈廷焯云:"鸳梦"五字有仙气,亦有鬼气。(《词则·别调集》)

# 上行杯

芳草灞陵春岸①,柳烟深,满楼弦管,一曲离声肠寸断。　今日送君千万②,红缕玉盘金镂盏③。须劝珍重意,莫辞满。

## 注释

① 灞陵:或作霸陵,汉文帝刘恒的坟墓,位于长安(今陕西西安)。霸陵附近有霸桥,是古人折柳送别的地方。李白《忆秦娥》:"年年柳色,霸陵伤别。"

② 千万:指反复叮咛。

③ "红缕"句:缠有红丝的白玉盘盏与刻有花纹的金色酒杯。此句形容饯席的考究。

## 辑评

陈廷焯云:"劝君更进一杯酒,西出阳关无故人",同此凄艳。

《云韶集》） 又云：殷勤悃款，令人情醉。（《词则·闲情集》）

俞陛云云：玩其词意，今日送君而忆及当日灞陵饯别，殆在蜀中送友归国，回思奉使之日，灞桥折柳，何等伤怀，君今无恙还乡，勿辞饮满，愈见己之穷年羁泊为可悲也。（《五代词选释》）

# 女冠子

四月十七，正是去年今日。别君时。忍泪佯低面①，含羞半敛眉②。　　不知魂已断，空有梦相随。除却天边月③，没人知。

## 注释

① 佯低面：假装低下头来。

② 敛眉：皱眉。

③ 除却：除了。

## 辑评

汤显祖云：直书情绪，怨而不怒，《骚》《雅》之遗也。但嫌与题义稍远，类今日之博士家言。（汤显祖评本《花间集》）

徐士俊云：冲口而出，不假妆砌。（见卓人月《古今词统》）

沈际飞云：月知不知都妙。（《草堂诗余别集》）

陈廷焯云：起得洒落，"忍泪"十字，真写得出。（《云韶集》）

又云：一往情深，不着力而自胜。（《词则·闲情集》）

王闿运云：不知得妙，梦随乃知耳。若先知，那得有梦？惟有月知，则常语耳。（《湘绮楼词选》）

刘永济云：此乃追念其宠姬之词。明言"四月十七"者，姬人被夺之日，不能忘也。"忍泪"、"含羞"，皆迫于强权、抑制情感之状。魂断、梦随，则情感萦系无已之语。（《唐五代两宋词简析》）

俞平伯云：单看上片，好像是一般的回忆，且确说某月某日，哪知却是梦景。径用"不知"点醒上文，句法挺秀。韦另有《女冠子》，情事相同，当是一题两作，那首结句说："觉来知是梦，不胜悲"，就太明白了。（《唐宋词选释》）

唐圭璋云：此首上片，记去年别时之苦况。一起直叙，点明时间。"忍泪"十字，写别时状态极真切。下片，写思极入梦，无人知情，亦凄婉。（《唐宋词简释》）


# 女冠子

昨夜夜半，枕上分明梦见。语多时。依旧桃花面①，频低柳叶眉。　　半羞还半喜，欲去又依依②。觉来知是梦，不胜悲。

## 注释

① 桃花面：即面如桃花。古人常以人面桃花形容女子的貌美。
  崔护《题都城南庄》诗："去年今日此门中，人面桃花相映红。
  人面不知何处去，桃花依旧笑春风。"
② 依依：不忍分别的意思。

## 辑评

　　刘永济云：乃从梦后忆梦中。"分明"二字，言记忆甚真也。
"羞"与"喜"并在一句，"欲去"与"又依依"亦并在一句，遂使心中
复杂矛盾之情均能表达，既喜又羞，既不敢留又不忍去，写来甚
工细而出语却自然。此种手法，与温飞卿异曲同工，故后人以之
与飞卿并称温、韦。（《唐五代两宋词简析》）

　　李冰若云：韦相《女冠子》"四月十七"一首，描摹情景，使人
怊怅。而"昨夜夜半"一首，稍为不及，以结句意尽故也。若士谓
与题意稍远，实为胶柱之见。唐词不尽本题意，何足为病！（《栩
庄漫记》）

　　唐圭璋云：此首通篇记梦境，一气赶下。梦中言语、情态皆
真切生动。着末一句翻腾，将梦境点明，凝重而沉痛。韦词结句
多畅发尽致，与温词之多含蓄者不同。（《唐宋词简释》）

# 更漏子

钟鼓寒①，楼阁暝②，月照古桐金井③。深院闭，小庭空，落花香露红。　　烟柳重，春雾薄，灯背水窗高阁④。闲倚户，暗沾衣⑤，待郎郎不归。

**注释**

① 钟鼓寒：传来的钟鼓声似乎带着寒气。

② 暝：昏暗。

③ 金井：井的美称。

④ 水窗：临水之窗。

⑤ 暗沾衣：即暗中流泪沾湿衣服。

**辑评**

陈廷焯云："落花"五字，凄绝秀绝。结笔楚楚可怜。（《云韶集》）

# 酒泉子

月落星沉，楼上美人春睡。绿云倾①，金枕

腻<sup>②</sup>，画屏深。　　　子规啼破相思梦，曙色东方才动。柳烟轻，花露重，思难任<sup>③</sup>。

## 注释

① 绿云倾：指美人如绿云般的发髻倾斜在枕头上。杜牧《阿房宫赋》："绿云扰扰，梳晓鬟也。"

② 腻：光滑。

③ 思难任：难以忍受思念之情。

## 辑评

　　汤显祖云：不做美的子规，故当夜半啼血。（汤显祖评本《花间集》）

# 木兰花

　　独上小楼春欲暮，愁望玉关芳草路<sup>①</sup>。消息断，不逢人，却敛细眉归绣户<sup>②</sup>。　　　坐看落花空叹息，罗袂湿斑红泪滴<sup>③</sup>。千山万水不曾行<sup>④</sup>，魂梦欲教何处觅。

**注释**

① 玉关：即玉门关，在今甘肃敦煌。此泛指边关。

② 敛细眉：皱起眉头。

③ "罗袂"句：意谓沾有胭脂的泪水滴在衣袖上形成斑痕。

④ 不曾行：未曾去过。

**辑评**

汤显祖云：与"梦中不识路"，"打起黄莺儿"，可并不朽。（汤显祖评本《花间集》）

俞陛云云：结句言水复山重，梦魂难觅，与沈休文诗"梦中不识路，何以慰相思"，皆情至之语。（《五代词选释》）

李冰若云："千山"、"魂梦"二语，荡气回肠，声哀情苦。（《栩庄漫记》）

# 小重山

一闭昭阳春又春①。夜寒宫漏永②，梦君恩。卧思陈事暗消魂③。罗衣湿，红袂有啼痕。 歌吹隔重阍④。绕庭芳草绿，倚长门⑤。万般惆怅向谁论？凝情立⑥，宫殿欲黄昏。

小重山（一闭昭阳春又春）

## 注释

① 昭阳:汉宫殿名,此借指前蜀王建的宫殿。

② 宫漏永:宫中报时的漏声显得十分漫长。

③ 陈事:往事。

④ 重阊:宫门。

⑤ 长门:汉宫殿名,陈皇后失宠于汉武帝,退居长门宫,司马相
如曾受她委托,替她写了一篇《长门赋》。此处系借用。

⑥ 凝情:深情,痴情。

## 辑评

杨慎云:"长门一步地,不肯暂回车。"此词可谓善于翻案。
(《评点草堂诗余》)

汤显祖云:("红袂"句)向作"新揾旧啼痕",语更超远。"宫
殿欲黄昏",何等凄绝,宫词中妙句也。(汤显祖评本《花间集》)

茅暎云:雨露难霑,自是恩不胜怨。(《词的》)

沈际飞云:"红袂有啼痕"与"罗衣湿"句复。秦词"新啼痕间
旧啼痕"亦始诸此。(《草堂诗余正集》)

李廷机云:"夜寒宫漏永","卧思陈事暗销魂"之句,已见夜
深矣。末云"宫殿欲黄昏"又见未晚,与前相反。(《新刻注释草
堂诗余评林》)

陈廷焯云:凄警。(《词则·别调集》)

刘永济云:此代其姬人抒离情也。"春又春",不止一年也。

"梦君恩"，梦昔日韦之恩情也。下即因梦而更细思前事，不禁痛哭湿衣袂也。"歌吹"句，言别殿正在作乐；而己则独倚长门，满腹忧愁，无人可语，但凝情而对黄昏耳。细观此词，表面乃写汉陈皇后退居长门故事，实则代其姬人抒情，因恐犯王建之忌，故托言之也。其姬人能通文词，深知此意，故为不食而死。（《唐五代两宋词简析》）

李冰若云：犹是唐人宫怨绝句，而杨湜乃附会穿凿，谓因建夺其宠姬而作矣。（《栩庄漫记》）

薛昭蕴　生卒年不详，从《花间集》将其列于韦庄、牛峤之间来看，当为前蜀时人。仕蜀，官至侍郎。孙光宪《北梦琐言》说他"恃才傲物"，"每入朝省，弄笏而行，旁若无人，爱唱《浣溪沙》词"。李冰若说其词"雅近韦相，清绮精艳，亦足出人头地，远在毛文锡上"（《栩庄漫记》）。

# 浣溪沙

红蓼渡头秋正雨[①]，印沙鸥迹自成行，整鬟飘袖野风香。　　不语含颦深浦里[②]，几回愁煞棹船郎[③]，燕归帆尽水茫茫。

## 注释

① 红蓼：一种水草，秋日开花，花色淡红。

② 含颦：皱眉，忧愁不乐的样子。

③ "几回"句：意谓美人皱眉，使得摇船的也为她惆怅。

## 辑评

　　汤显祖云：天空鸟飞，水落石出，凡景皆然。（汤显祖评本《花间集》）

　　沈际飞云：何物棹船郎，解愁杀耶？意在言外。（《草堂诗余别集》）

况周颐云：清与艳皆词境也。此词清中之艳，其艳在神。
（《餐樱庑词话》）


# 浣溪沙

　　粉上依稀有泪痕，郡庭花落欲黄昏[1]，远情深恨与谁论？　　记得去年寒食日[2]，延秋门外卓金轮[3]，日斜人散暗销魂。


## 注释

[1] 郡庭：郡署庭院。

[2] 寒食：节令名，清明前一天。春秋时介子推曾随晋公子重耳出亡在外十九年。重耳回国后为君（晋文公），介子推拒绝受封，与母亲隐居于绵山。晋文公以焚山逼他出来，他却抱木而死。晋文公为悼念他，就定这一天禁火寒食。

[3] 延秋门：唐代宫门名。上句"寒食日"是与情人相遇的时间，这里"延秋门"是与情人相遇的地点。卓金轮：停立着精美的车子。卓，立。


## 辑评

　　陈廷焯云：日斜人散，对此者谁不销魂？（《云韶集》）

俞陛云云:纪初别。泪痕界粉,起句更从对面着笔,则"日斜人散",销魂者不独一人也。(《五代词选释》)

# 浣溪沙

握手河桥柳似金①,蜂须轻惹百花心,蕙风兰思寄清琴②。　　意满便同春水满,情深还似酒杯深,楚烟湘月两沉沉③。

## 注释

① 柳似金:言春柳嫩黄似金。白居易《杨柳枝》:"一树春风万万枝,嫩如金色软于丝。"

② 蕙风兰思:蕙、兰均为香草名,这里用以形容女子美好的风度与情怀。

③ "楚烟"句:意谓如今双方各处一地,音信也无。楚,今湖北一带;湘,今湖南一带。

## 辑评

汤显祖云:俗笔。(汤显祖评本《花间集》)

俞陛云云:纪重逢。"蜂须"句,取譬微婉。下阕水满杯深,词笔亦笔酣墨饱。结句"楚烟湘月",以荡漾之笔作结,非特语极

含蓄,且引起下首楚江送别之意。(《五代词选释》)

李冰若云:"蜂须轻惹百花心",巧丽极矣,未经人道语。然只合入词,入诗则流于纤矣。(《栩庄漫记》)

华钟彦云:由别时说起,写出蜂惹花心,以兴离怀别苦。(《花间集注》)

# 浣溪沙

帘下三间出寺墙①,满街垂柳绿阴长,嫩红轻翠间浓妆。　瞥地见时犹可可②,却来闲处暗思量③,如今情事隔仙乡。

## 注释

① 寺墙:指道庵。这首词写对出家女道士的追念及暗恋之情。

② 瞥地:随时地看一眼。可可:不在意。

③ 却来:回过头来。

## 辑评

汤显祖云:瞥见都易错过,耐得思量,定不折本。(汤显祖评本《花间集》)

李冰若云:"嫩红轻翠间浓妆",设色艳冶,如一幅画。(《栩

庄漫记》）

华钟彦云:此词盖写女冠。(《花间集注》）

# 浣溪沙

江馆清秋揽客船①，故人相送夜开筵，麝烟兰焰
簇花钿②。　　正是断魂迷楚雨，不堪离恨咽湘弦，
月高霜白水连天。

## 注释

① 江馆:临江客馆。
② "麝烟"句:写送别的筵席上麝烟缭绕,兰灯放焰,丽人们盛装
　簇聚着。

## 辑评

周珽云:依依别情,流为销魂之语,自觉香艳。(《删补唐诗
选脉笺释会通评林》）

俞陛云云:此言"湘弦"、"离恨",当是远行者雅善鼓琴。月
高霜白之宵,七条弦上,宜其离心凄咽也。(《五代词选释》）

李冰若云:一结便有怊怅不尽之意,可谓善于融情入景。
(《栩庄漫记》）

# 浣溪沙

倾国倾城恨有余①，几多红泪泣姑苏②，倚风凝睇雪肌肤③。　　吴主山河空落日④，越王宫殿半平芜⑤，藕花菱蔓满重湖。

**注释**

① 倾国倾城:比喻绝色的女子。这里指西施。

② 红泪:女子的眼泪。姑苏:山名,在今江苏苏州西南,山上有姑苏台,相传春秋时吴王夫差将越王勾践所献西施藏在台上的馆娃宫。

③ 凝睇:注视。雪肌肤:肌肤洁白如雪,这里指西施的美貌。

④ 吴主:指吴王夫差。空落日:喻吴国灭亡。

⑤ 越王:指越王勾践。

**辑评**

汤显祖云:与"只今唯有西江月"诸篇同一凄婉。(汤显祖评本《花间集》)

李冰若云:伯主雄图,美人韵事,世异时移,都成陈迹,三句写尽无限苍凉感喟。此种深厚之笔,非飞卿辈所企及者。(《栩庄漫记》)

姜方锬云:此词伤心吊古,韵响调高,与鹿太保《临江仙》

分庭抗礼,当无愧色。然鹿后于薛,其摹拟之胜者欤。(《蜀词人评传》)

# 浣溪沙

越女淘金春水上,步摇云鬓珮鸣珰①,渚风江草又清香②。　　不为远山凝翠黛③,只应含恨向斜阳,碧桃花谢忆刘郎④。

**注释**

① 步摇:一种缀有垂珠的首饰,走动时摇动,故称步摇。珮鸣珰:玉珮发出清脆的声音。

② 渚:水中的小块陆地。

③ 远山凝翠黛:形容女子含怨皱着双眉。详见温庭筠《菩萨蛮》(雨晴夜合玲珑日)注。

④ "碧桃"句:用《神仙记》刘晨、阮肇二人往天台山采药,见桃林,逢二仙女故事。刘郎,这里是指自己心中的情人。

**辑评**

陈廷焯云:遣词大雅。　　又云:《浣溪沙》数阕,委婉沉至,音

调亦闲雅可歌。(《词则·闲情集》)

俞陛云云：从行者着想，步摇插花，虽依然盛饰，而碧桃花下，斜阳凝盼，料知忆及刘郎，则己之湘云南望，离怀从可知矣。(《五代词选释》)

# 小重山

春到长门春草青①，玉阶华露滴，月胧明。东风吹断紫箫声，宫漏促，帘外晓啼莺。　　愁极梦难成，红妆流宿泪，不胜情②。手挼裙带绕阶行③，思君切，罗幌暗尘生④。

## 注释

① 长门：汉宫殿名。汉武帝时陈皇后在得宠时很爱妒忌，因而被武帝打入长门宫。

② 不胜情：言不能忍受伤感之情。

③ 挼(ruó)：揉搓，摩弄。

④ 罗幌：丝罗帷帐。

## 辑评

沈际飞云：比古曲"老女不嫁，踢地唤天"隐些，然亦急矣。

三月无君则吊,士何异此。(《草堂诗余别集》)

茅暎云:怨女弃才,千古同恨。(《词的》)

徐士俊云:不为诡奇,却是古雅。(见卓人月《古今词统》)

陈廷焯云:尚有古意。(《词则·别调集》)

俞陛云云:"裙带"句旧恨所愁,一时并赴,皆在绕花徐步之时。"尘生"句即"君王不到,草与阶平"之意。(《五代词选释》)

李冰若云:词无新意,笔却流折自如。(《栩庄漫记》)


# 离 别 难

宝马晓鞲雕鞍[1],罗帏乍别情难。那堪春景媚,送君千万里,半妆珠翠落[2],露华寒。红蜡烛,青丝曲[3],偏能钩引泪阑干[4]。　　良夜促,香尘绿,魂欲迷。檀眉半敛愁低[5]。未别,心先咽,欲语情难说出,芳草路东西。摇袖立,春风急,樱花杨柳两凄凄。


## 注释

[1] 鞲(bèi 备)雕鞍:即给马加上鞍辔。鞲,装备车马。

② 半妆:半面妆。南朝梁元帝瞎一眼,徐妃每知帝将至,就化成半面妆。这里系指残妆。

③ 青丝曲:弦乐歌曲。青丝,指琴弦。

④ 阑干:眼泪纵横的样子。

⑤ 檀眉:女子化妆而成的一种淡红的眉色。

## 辑评

汤显祖云:咽心之别愈惨,难说之情转迫。"平生无泪落,不洒别离间",应是好看话。(汤显祖评本《花间集》)

况周颐云:中国樱花不繁而实,日本樱花繁而不实。薛昭蕴词《离别难》云:"摇袖立,春风急,樱花杨柳两凄凄。"此中国樱花也,入词殆自此始。此花以不繁,故益见娟倩。日本樱花惟绿者最佳。其红者或繁密至八重,清气反为折掩。惟是气象华贵,宜彼都花王奉之。(《蕙风词话》)

# 女冠子

求仙去也,翠钿金篦尽舍①。入崖峦,雾卷黄罗帔②,云雕白玉冠③。　　野烟溪洞冷,林月石桥寒。静夜松风下,礼天坛④。

## 注释

① 翠钿金篦：女子的首饰。

② "雾卷"句：意谓女道士所著黄色丝罗披肩如云雾飘卷。

③ 白玉冠：女道士所戴帽子。

④ 礼天坛：登坛拜天。

## 辑评

汤显祖云：隽雅不及韦相，而直叙道情，翻觉当行。次首恨有俗句。（汤显祖评本《花间集》）

沈际飞云：直叙道情，可续景纯《游仙诗》。（《草堂诗余别集》）

徐士俊云：我欲置身此中。（见卓人月《古今词统》）

陈廷焯云："野烟"十字，颇似中唐五律，语有仙气。（《云韶集》）

俞陛云云：上阕平叙舍家入道。下阕"野烟"二句，不用香灯、梵唱等语，而虚写山野景色，自有出尘之致。结句松风静夜，顶礼天坛，想见黄绡入道、礼星瑶殿时也。偶忆近人诗："花雨封瑶砌，香云护石坛。春风吹佛面，龙女鬓鬟寒。"同此静境。鹿虔扆、尹鹗，皆有《女冠子》词，殆道女为当时风尚耶？（《五代词选释》）

# 谒金门

　　春满院，叠损罗衣金线①。睡觉水精帘未卷，檐前双语燕。　　斜掩金铺一扇②，满地落花千片。早是相思肠欲断，忍教频梦见。

## 注释

① "叠损"句：意谓睡觉时罗衣未解，辗转反侧，罗衣上的缝纫线而为之折坏。
② 金铺：门上兽面形铜制的环钮，用以衔门环。此指代门。

## 辑评

　　陈廷焯云：曰"相思"，曰"梦见"，经常语，分作两层写，意态便浓，斯谓翻陈出新。(《词则·闲情集》)

　　唐圭璋云：此首写睡起之惆怅。"春满院"，醒来所见帘外之景象也。"叠损"句，写睡时罗衣未解，可见心悲意懒之情。"睡觉"两句，传双燕之神，画亦难到。因睡觉无心，故未卷帘；因帘未卷，故燕不得入；燕不得入，故惟有帘前对语，似叹亦似怨也。下片，"落花千片"，是起来所见帘外之景象，所闻双燕呢喃，所见落花千片，总是令人兴感。"早是"两句，尽情吐露相思之苦，寻常相思，已是肠断，何况梦中频见，更难堪矣。文字分两层申说，宛转凄伤之至。"梦见"应"睡觉"，"早是"与"忍教"二字呼应。此种情景交融之作，正与韦相同工。(《唐宋词简释》)

牛　峤（850？—920？），字松卿，一字延峰，陇西（今甘肃）人，唐宰相牛僧孺之孙。博学有文，以歌诗著名。唐僖宗乾符五年（878）进士。王建镇西川，辟为判官，及称帝，拜给事中。词风浓艳褥丽，近于飞卿，故姜方锬称之为"花间之健手也"（《蜀词人评传》）。

# 杨柳枝

解冻风来末上青①，解垂罗袖拜卿卿②。无端袅娜临官路，舞送行人过一生。

## 注释

① 解冻风：东风。《礼记·月令》："孟春之月，东风解冻，蛰虫始振。"末上青：指杨柳末梢现出嫩青色。

② "解垂"句：意谓柳枝摇曳飘荡似人们垂袖相拜。卿卿：男女间的昵称，这里是对人的亲昵称呼。

## 辑评

姜夔云：峤有《杨柳枝》词，见称于时。（见李调元《全五代诗》）

汤显祖云：《杨枝》、《柳枝》、《杨柳枝》，总以物托兴。前人无甚分析，但极咏物之致，而能抒作者怀，而能下读者泪，

斯其至矣。"舞送行人"等句,正是使人悲惋。(汤显祖评本《花间集》)

李冰若云:咏物词多比兴取长,然描写寄托之中,要有作者骨格在焉。"舞送行人过一生",又何其托体之卑而无骨也。(《栩庄漫记》)

# 杨柳枝

吴王宫里色偏深[1],一簇纤条万缕金[2]。不愤钱塘苏小小,引郎松下结同心[3]。

## 注释

[1] 吴王宫:指吴王夫差所筑的宫殿。色偏深:指柳树长势好而色浓郁。

[2] 万缕金:指柳枝上初发嫩芽,万缕金黄。

[3] "不愤"二句:意谓真是不服气为什么钱塘的苏小小要在松树之下与心上人结同心。不愤,不平,不服气。苏小小,南朝齐钱塘名妓。古乐府《苏小小歌》:"妾乘油壁车,郎骑青骢马。何处结同心,西陵松柏下。"

## 辑评

杨慎云：牛峤《杨柳枝》词（略）。按古乐府《小小歌》有云："妾乘油壁车，郎乘青骢马。何处结同心，西陵松柏下。"牛诗用此意咏柳而贬松，唐人所谓"尊题格"也。后人改"松下"作"枝下"，语意索然矣。（《升庵诗话》）

徐𤏳云：古人咏柳必比美人，咏美人必比柳，不独以其态相似，亦柔曼两相宜也。若松桧竹柏，用之于美人，则乏婉媚耳。唐牛峤《杨柳枝》词，亦谓美人不宜松下也。誉柳贬松，殊有深兴。（《徐氏笔精》）

沈雄云：牛峤字松卿，乾符中进士，事蜀为给事中。其《杨柳枝》词"不愤钱塘苏小小，引郎松下结同心"，见推于时。（《古今词话·词评》）


# 杨柳枝

桥北桥南千万条，恨伊张绪不相饶①。金羁白马临风望②，认得杨家静婉腰③。


## 注释

① "恨伊"句：意谓怨恨那个张绪太风流了，与杨柳比美而毫不

相让。张绪,南朝齐吴郡人,风姿俊美,谈吐风流,齐武帝时官至国子祭酒。据《南史·张绪传》载,刘悛在益州做官时曾献蜀柳数枝给武帝,武帝植于灵和殿前,常赏玩咨嗟,说:"此杨柳风流可爱,似张绪当年时。"

② 金羁白马:指少年公子。曹植《白马篇》:"白马饰金羁,连翩西北驰。借问谁家子,幽并游侠儿。"

③ 杨家静婉:应作"羊家净婉"。据《南史》载,南朝梁羊侃家有舞女张净婉,腰细仅一尺六寸,"时人咸推能掌上舞"。

## 辑评

徐士俊云:不怕白家小蛮生嗔耶!(见卓人月《古今词统》)
胡应麟云:亦尚有唐乐府遗韵。(《诗薮》)

# 女冠子

绿云高髻①,点翠匀红时世②。月如眉,浅笑含双靥,低声唱小词。　　眼看唯恐化③,魂荡欲相随。玉趾回娇步,约佳期④。

## 注释

① 绿云高髻:形容女子的发髻。

② "点翠"句:指妆饰得很时髦。点翠,指点眉额。匀红,指脸部
　　敷红粉。时世,入时。

③ 唯恐化:唯恐羽化仙去。

④ "玉趾"二句:写女子含情回步,与爱慕她的男子共约佳期。


## 辑评

　　徐士俊云:此等女冠,非鱼玄机、李冶辈乎?(见卓人月《古
今词统》)

　　况周颐云:"眼看惟恐化,魂荡欲相随",别是一种说得尽,与
"须作一生拚"云云不同。(《餐樱庑词话》)

　　李冰若云:"眼看"、"魂荡"二语,较"胡天"、"胡帝"更进一
层。(《栩庄漫记》)

　　姜方锬云:《女冠子》"绿云高髻"一阕之写闺情,自是《花间》
上品。(《蜀词人评传》)


# 女冠子

　　锦江烟水①,卓女烧春浓美②。小檀霞③,绣带
芙蓉帐,金钗芍药花。　　　额黄侵腻发,臂钏透红
纱④。柳暗莺啼处,认郎家⑤。

## 注释

① 锦江:四川岷江的支流,流经成都城西南。

② 卓女:西汉时与司马相如一起私奔的卓文君,曾在成都当垆卖酒。这里指当垆美女。烧春:酒名。

③ 小檀霞:喻女子脸颊呈浅红色,如彩霞一般。

④ 臂钏:手镯。

⑤ "柳暗"二句:在前面描写女子之娇美的基础上,这里揭出词意,原来她是赴情郎之约。

## 辑评

汤显祖云:("绣带"二句)六朝丽句。("柳暗"二句)好结句。(汤显祖评本《花间集》)

沈际飞云:情到至处,勿含蓄。(《草堂诗余别集》)

# 梦江南

衔泥燕,飞到画堂前。占得杏梁安稳处①,体轻唯有主人怜,堪羡好因缘。

## 注释

① 杏梁:用杏木做成的屋梁,形容屋宇的华美。

梦江南（衔泥燕）

# 梦江南

　　红绣被，两两间鸳鸯<sup>①</sup>。不是鸟中偏爱尔，为缘交颈睡南塘，全胜薄情郎。

## 注释

① "两两"句：指红绣被上绣有成双成对的鸳鸯。

## 辑评

　　姜夔云：牛松卿《望江南》词，一咏燕，一咏鸳鸯，是咏物而不滞于物也。词家当法此。（见王奕清《历代词话》）

　　茅暎云：现成。（《词的》）

　　沈雄云：对句易于言景，难于言情。且放开则中多迂滥，收整则结无意绪，对句要宜活句也。牛峤之《望江南》："不是鸟中偏爱尔，为缘交颈睡南塘。"其下可直接"全胜薄情郎"，此即救尾对也。（《古今词话·词话》）

# 感恩多

　　两条红粉泪，多少香闺意。强攀桃李枝，敛愁眉。　　陌上莺啼蝶舞，柳花飞。柳花飞，愿得郎心，忆家还早归。

## 辑评

汤显祖云：起语一问一答，便有无限委婉。（汤显祖评本《花间集》）

陈廷焯云："强攀"妙，中有伤心处，借此消遣耳。（《云韶集》）　又云：自然而然，绝不着力。（《词则·闲情集》）

# 感恩多

自从南浦别，愁见丁香结①。近来情转深，忆鸳衾。　　几度将书托烟雁②，泪盈襟。泪盈襟，礼月求天③，愿君知我心。

## 注释

① 丁香结：古人常借丁香结象征愁绪郁结。结，指含蕾不吐。

② 烟雁：飞雁。以其高飞云烟之间，故称。

③ 礼月求天：拜求月亮与上天佑助。

李冰若云：二词情韵谐婉,纯以白描见长。(《栩庄漫记》)

# 应天长

　　双眉淡薄藏心事①,清夜背灯娇又醉。玉钗横,山枕腻,宝帐鸳鸯春睡美②。　　别经时③,无限意,虚道相思憔悴④。莫信彩笺书里,赚人肠断字⑤。

## 注释

① 双眉淡薄:眉妆已薄。指情人不在,无心画眉。

② "宝帐"句:谓绣在帐帏上的鸳鸯睡得很美。以衬托女子孤凄的心境。

③ 别经时:别后已有一段时间了。

④ 虚道:空说。

⑤ "莫信"二句:这是女主人公对情郎一次次负约发出的怨恨语。赚人,诳骗人。

## 辑评

　　陆游云:牛峤《定西蕃》为塞下曲,《望江怨》为闺中曲,是盛

唐遗音。及读其"翠娥愁,不抬头","莫信彩笺书里,赚人肠断字",又刻细似晚唐矣。(见王奕清《历代词话》)

沈际飞云:后人翻出:"说情说意,说盟说誓,动便春愁满纸。多应念得脱空经,是那个先生教底?"(《草堂诗余别集》)

# 更漏子

星渐稀,漏频转①,何处轮台声怨②?香阁掩,杏花红,月明杨柳风。　　挑锦字③,记情事,唯愿两心相似。收泪语,背灯眠,玉钗横枕边。

## 注释

① 漏:指更漏声。

② 轮台:地名。唐时属庭州,隶北庭都护府,在今新疆米泉县境内。这里泛指边塞之地。

③ 挑锦字:《晋书》载窦滔妻苏氏织锦为《回文璇玑图》诗以赠其夫。此指妻子给丈夫写信。

## 辑评

李调元云:牛峤《更漏子》:"星渐稀,漏频转,何处轮台声

怨?"按《汉书》,武帝下轮台之诏,语本此。(《雨村词话》)

李冰若云:"月明杨柳风"五字,秀韵独绝。(《栩庄漫记》)

# 更漏子

春夜阑①,更漏促,金烬暗挑残烛②。惊梦断,锦屏深,两乡明月心③。　　闺草碧,望归客,还是不知消息。辜负我,悔怜君,告天天不闻。

## 注释

① 夜阑:夜深。

② 金烬:言灯烛将灭。

③ 两乡明月心:用谢庄《月赋》"美人迈兮音尘绝,隔千里兮共明月"意。两乡,两处,两地。

## 辑评

汤显祖云:女娲补不到,天有离恨天。世间缺陷事不少,天也管不得许多。(汤显祖评本《花间集》)

李冰若云:松卿善为闺情,儿女情多,时流于荡,下开柳屯田一派,特笔力不至沓赘,为可诵耳。(《栩庄漫记》)

# 更漏子

南浦情①，红粉泪，争奈两人深意。低翠黛②，卷征衣，马嘶霜叶飞。　　招手别，寸肠结，还是去年时节。书托雁③，梦归家，觉来江月斜。

## 注释

① 南浦：泛指送别之地。江淹《别赋》："送君南浦，伤如之何。"

② 低翠黛：即低眉。

③ 书托雁：将书信托付给鸿雁。古人有鸿雁传书之说。这句以上写一个女子在回忆去年与丈夫分别的情景。

## 辑评

俞陛云云：晚唐五代之际，神州云扰，忧时之彦，陆沉其间，既谠论之不容，藉俳语以自晦，其心良苦。温飞卿《菩萨蛮》词及《更漏子》，乃感士之不遇，兼怀君国。此词哀思绮恨，殆亦同之。（《五代词选释》）

李冰若云："马嘶霜叶飞"五字，足抵一幅秋闺晓别图。（《栩庄漫记》）

# 望江怨

东风急，惜别花时手频执，罗帷愁独入。马嘶残雨春芜湿①，倚门立。寄语薄情郎，粉香和泪泣。

## 注释

① 春芜:春天的草野。

## 辑评

陆游云:《望江怨》为闺中曲,是盛唐遗音。(见沈雄《古今词话·词评》)

汤显祖云:"一庭疏雨湿春愁"、"马嘶残雨春芜湿",皆集中秀句。"湿"字俱下得天然。(汤显祖评本《花间集》)

许昂霄云:有急弦促柱之妙。(《词综偶评》)

况周颐云:昔人情语艳语,大都靡曼为工。牛松卿《西溪子》云:"画堂前,人不语,弦解语。弹到昭君怨处,翠蛾愁,不抬头。"《望江怨》云:"惜别花时手频执,罗帏愁独入。马嘶残雨春芜湿。倚门立,寄语薄情郎,粉香和泪泣。"繁弦促柱间有劲气暗转,愈转愈深。此等佳处,南宋名作中,间一见之。北宋人虽绵博如柳屯田,顾未克办。(《餐樱庑词话》)

郑文焯云:文情往复,杂写景中,致足讽味。(见《花间集评注》)

俞陛云云:当花时春好,而郎偏远出,临歧执手殷勤,留君不

住,看驱马向平芜而去。懒入虚帏,姑立门前凝望,泪痕湿粉,而
行者已遥,惟有寄语使知,以明我之相忆耳。三十五字中次第写
来,情调凄恻。(《五代词选释》)

# 菩萨蛮

　　舞裙香暖金泥凤①,画梁语燕惊残梦。门外柳花
飞,玉郎犹未归。　　　愁匀红粉泪②,眉剪春山翠。
何处是辽阳,锦屏春昼长③。

## 注释

① 金泥凤:指舞裙上饰有金粉的凤凰。

② "愁匀"句:意谓女子含愁上妆,不觉泪匀红粉。

③ "何处"二句:意本金昌绪《春怨》:"啼时惊妾梦,不得到辽
　　西。"辽阳,地名,今属辽宁。是唐代的边境。这里代指玉郎
　　征戍之地。

## 辑评

　　张惠言云:"惊残梦"一点,以下纯是梦境。章法似《西洲
曲》。(《词选》)

陈廷焯云:通首音节天然合拍,"剪"字妙。(《云韶集》) 又云:温丽芊绵,飞卿流亚。(《词则·大雅集》)

李冰若云:松卿《菩萨蛮》"舞裙香软"一首,词意明晰,层次井然。盖首句形容服饰之丽,次句燕语惊梦,以下由梦醒凝望而见柳花,次联忆远人之未归,因而念及远人所在之地,愈增相思,倍觉春昼之长也。全词流丽动人。而皋文《词选》云:"惊残梦一点,以下纯是梦境。"不知其如何推测为此语也。(《栩庄漫记》)

唐圭璋云:此首,首句形容服饰之盛,次句言燕语惊梦。以下言梦醒凝望,柳花乱飞,遂忆及远人未归。换头,言勉强梳洗,愁终难释。"何处"两句,更念及远人所在之处,愈增相思;相思无已,故倍觉春昼之长。写来声情顿挫,自臻妙境。(《唐宋词简释》)

# 菩萨蛮

柳花飞处莺声急,晴街春色香车立。金凤小帘开①,脸波和恨来②。　　今宵求梦想,难到青楼上③。赢得一场愁,鸳衾谁并头?

## 注释

① 金凤小帘:指绣有金凤凰的香车小帘。

② 脸波:犹眼波。

③ 青楼:富贵人家的楼阁,这里指上片所写车中女子的居处。
做梦而难到青楼,似乎寓示着现实生活中这对恋人因地位的
悬殊而无法相爱。

## 辑评

　　李冰若云:诗词中"青楼"字常见,然其义有三。曹子建诗
"青楼临大路",古乐府"大路起青楼",此指豪贵之家也;刘邈诗
"倡女不胜愁,结束下青楼",此指倡居也;《齐书》"武帝兴光楼,
上施青漆,谓之青楼",此则帝王居也。　又云:"眼波和恨来",
传神栩栩欲活。(《栩庄漫记》)

# 菩萨蛮

　　玉钗风动春幡急①,交枝红杏笼烟泣②。楼上望
卿卿③,窗寒新雨晴。　　熏炉蒙翠被,绣帐鸳鸯
睡④。何处最相知,羡他初画眉⑤。

## 注释

① 春幡:立春日所立之彩旗。《岁时风土记》云:"立春之日,士

大夫之家,剪彩为小幡,谓之春幡。或悬于家人之头,或缀于花枝之下。"

② 交枝:枝条交错。

③ 卿卿:男女间昵称。这里指所思念之男子。

④ 鸳鸯睡:这里指被子上绣着一对在睡觉的鸳鸯。从中透露出女主人公孤栖的怨愁。

⑤ "何处"二句:意谓哪里能寻找到知心的人呢?追慕他最初给自己画眉的时候。画眉,用汉代张敞为妻子画眉的典故,后泛指夫妻恩爱。

## 辑评

汤显祖云:填词白描,须有微致,若全篇平衍,几同嚼蜡矣。(汤显祖评本《花间集》)

徐士俊云:"柳花飞处莺声急"与"玉钗风动春幡急",两首"急"字,俱尖极。(见卓人月《古今词统》)

# 菩萨蛮

画屏重叠巫阳翠,楚神尚有行云意①。朝暮几般心,向他情漫深②。　　风流今古隔,虚作瞿塘客③。山月照山花，梦回灯影斜。

## 注释

① "画屏"二句，句中的"巫阳"、"楚神"、"行云"系用楚王高唐梦见巫山神女的典故。宋玉《高唐赋》云："昔者先王尝游高唐，怠而昼寝，梦见一妇人。曰：'妾山之女也，为高唐之客。闻君游高唐，愿荐枕席。'王因幸之。妇人去而辞曰：'妾在巫山之阳，高丘之阴，旦为朝云，暮为行雨，朝朝暮暮，阳台之下。'"行云，喻男女之欢合。作者在此是说，楚神尚有男女之情，何况人间呢！

② "朝暮"二句：意谓男子用情不专，徒然向他倾注深情了。漫，枉然，徒然。

③ "风流"二句：意谓以前楚王与巫山神女的风流已不再有了，如今我却虚许了那个瞿塘之客。瞿塘，即长江三峡之一的瞿塘峡。李益《江南曲》："嫁得瞿塘客，朝朝误妾期。"

## 辑评

贺裳云：牛峤"风流今古隔，虚作瞿塘客"，未免太涉于淫。（《皱水轩词筌》）

吴任臣云：（牛峤）尤喜制小辞，《女冠子》云："绣带芙蓉帐，金钗芍药花。"《菩萨蛮》云："山月照山花，梦回灯影斜。"皆峤佳句也。（《十国春秋》）

# 菩萨蛮

风帘燕舞莺啼柳，妆台约鬟低纤手。钗重髻盘珊①，一枝红牡丹②。　　门前行乐客，白马嘶春色。故故坠金鞭，回头应眼穿③。

## 注释

① 髻盘珊：指发髻如盘。盘珊，盘旋。

② "一枝"句：言女子经过梳妆打扮，就如一枝红牡丹那样明艳照人。

③ "故故"二句：意谓行乐客为了多睹艳容，故意将手中的鞭子丢落。

## 辑评

沈际飞云：《绣襦记》开场好词。（《草堂诗余续集》）

李冰若云：情景如在目前。（《栩庄漫记》）


# 菩萨蛮

绿云鬟上飞金雀①，愁眉敛翠春烟薄。香阁掩芙蓉，画屏山几重。　　窗寒天欲曙，犹结同心苣②。

啼粉污罗衣，问郎何日归。

**注释**

① 金雀：雀形饰物。

② 同心苣(jù巨)：即同心结。沈约《少年新婚为之咏》："锦履并花纹，绣带同心苣。"

**辑评**

汤显祖云：芳草生兮萋萋，王孙归兮不归，问他何益？（汤显祖评本《花间集》）

陈廷焯云：秾至。结二语写得又娇痴，又苦恼。（《云韶集》）


# 菩萨蛮

玉楼冰簟鸳鸯锦①，粉融香汗流山枕②。帘外辘轳声③，敛眉含笑惊。 柳阴烟漠漠，低鬓蝉钗落④。须作一生拼⑤，尽君今日欢。


**注释**

① 冰簟(diàn电)：凉席。鸳鸯锦：织有鸳鸯图案的锦被。

② 山枕:指两端突起似山的凹形枕头。

③ 辘轳:井上汲水的装置。

④ 蝉钗:蝉形的金钗。

⑤ 拚:抛舍。

## 辑评

王士禛云:牛给事"须作一生拚,尽君今日欢",狎昵已极。南唐"奴为出来难,教君恣意怜",本此。至"檀口微微,靠人紧把腰儿贴",风斯下矣。(《花草蒙拾》)

彭孙遹云:牛峤"须作一生拚,尽君今日欢",是尽头语。作艳词者,无以复加。(《金粟词话》)

陈廷焯云:闲情之作,虽属词中下乘,然亦不易工。"一面发娇嗔,碎揉花打人",恶劣之极,无足置喙。即"须作一生拚,尽君今日欢","奴为出来难,教郎恣意怜",亦失之流荡忘返。(《白雨斋词话足本校注》)

况周颐云:牛松卿的"敛眉含笑惊"五字三层意,别一种密法。(《餐樱庑词话》)

王国维云:词实多以景寓情。其专作情语而绝妙者,如牛峤之"甘作一生拚,尽君今日欢";顾敻之"换我心,为你心,始知相忆深";欧阳修之"衣带渐宽终不悔,为伊消得人憔悴";美成之"许多烦恼,只为当时,一饷留情"。此等词求之古今人词中,曾不多见。(《人间词话删稿》)

刘永济云:此首写男女欢会之私情。观七、八两句,有舍弃一切、拼却一生以求暂时之乐之意,可知此女必为封建制度所束缚,以致情爱无从自由发抒。正如《西厢记》之莺莺,一遇张生,便倾心相许也。三、四两句,言欢情正洽,天已将明,早晨汲井之声,将其惊起。而第四句五字之中,表达三种态度,写生之妙,非画笔所能相比。后半阕所写乃临别片时之情事。柳烟漠漠,正天方晓之景色。"低鬟"句,则临别片时低头沉思之态度。"须作一生拚",又情感倾泻之语也。末两句虽只十字,可抵千言万语。(《唐五代两宋词简析》)

李冰若云:全词情事,冶艳极矣。《疑雨》、《疑云》诸集,盖导源于是。宋人如柳、黄俳调,无此古拙之笔也。(《栩庄漫记》)

# 酒泉子

记得去年①,烟暖杏园花正发,雪飘香。江草绿,柳丝长。　　钿车纤手卷帘望②,眉学春山样③。凤钗低袅翠鬟上,落梅妆④。

## 注释

① "记得"句:以"记得"领起,表明以下全是追记去年所见到那位令他心动的女子。

② 钿车:以金玉装饰的车子。

③ "眉学"句:指画成远山眉。

④ 落梅妆:古时女子脸部的一种装饰,即在额上点出梅花形。

## 辑评

汤显祖云:远山眉,落梅妆,石华袖,古语新裁,令人远想。

(汤显祖评本《花间集》)

# 定西番

紫塞月明千里①,金甲冷②,戍楼寒③,梦长安。

乡思望中天阔,漏残星亦残。画角数声呜咽④,

雪漫漫。

## 注释

① 紫塞:边塞。崔豹《古今注》:"秦筑长城,土色皆紫,汉塞亦

　　然,故称紫塞焉。"

② 金甲:铁铠甲。

③ 戍楼:边塞驻军的营房。

④ 画角:军乐器,发声哀厉高亢。据说出自西羌,口细尾大,形

如牛角，以竹木或皮制成，外加彩绘，故称画角。

## 辑评

徐士俊云：是盛唐诸公塞下曲。（见卓人月《古今词统》）

俞陛云云：唐五代时，边患迄无宁岁。诗人边塞之作，辄为思妇、征夫写其哀怨。夜月黄沙，角声悲奏，最易动战士之怀。如"碛里征人三十万，一时回首月中看"及"落日秋原画角声"句，皆状绝塞悲凉之景。此词之"紫塞月明"、"角声呜咽"，亦同此意也。（《五代词选释》）

李冰若云：塞外荒寒，征人梦苦，跃然纸上。此亦一穷塞主乎？（《栩庄漫记》）

# 玉楼春

春入横塘摇浅浪，花落小园空惆怅。此情谁信为狂夫①，恨翠愁红流枕上②。　　小玉窗前嗔燕语③，红泪滴穿金线缕。雁归不见报郎归，织成锦字封过与④。

## 注释

① 狂夫：古代女子对人称呼自己的丈夫，语含怨意。

② "恨翠"句：意谓思念丈夫而蹙眉流泪。恨翠，指眉。愁红，指泪。

③ 小玉：唐传奇中的人物霍小玉，被其丈夫遗弃。这里泛指思妇。

④ 锦字：写给丈夫的信。封过与：封好了寄给他。

## 辑评

汤显祖云：隽调中时下隽句，隽句中时下隽字，读之甘芳浃齿。（汤显祖评本《花间集》）

# 西溪子

捍拨双盘金凤①，蝉鬓玉钗摇动②。画堂前，人不语，弦解语。弹到昭君怨处③，翠蛾愁④，不抬头。

## 注释

① "捍拨"句：意谓琵琶上的捍拨刻有金凤花纹。捍拨，弹拨乐器上的饰物，用来防护琴身，以免弹拨时磨坏其处。

② 蝉鬓：古代女子的一种发式。

③ 昭君怨：琵琶曲名。

④ 翠蛾:眉修长如蛾而色翠。

## 辑评

徐士俊云:此"弹到断肠时,春山眉黛低"之蓝本也。(见卓人月《古今词统》)

陈廷焯云:短句颇不易作。此作字字的当,有意有笔,能品也。(《云韶集》) 又云:意在言外。(《词则·闲情集》)

刘永济云:此从旁观者眼中写琵琶乐妓之幽怨也。首句,言琵琶。次句,言弹琵琶时态度。三、四、五句,听琵琶时之情况,因弹得好,人皆静听也。六、七、八句,言弹者自感曲调而引出本身之怨情,不觉低眉寻思而生愁也。(《唐五代两宋词简析》)

唐圭璋云:此首记弹琵琶。起言琵琶上捍拨之美;次言弹琵琶者之美;"画堂"三句,言琵琶声音之美。末言弹者姿态,倍显弹者之无限幽怨,尽自弦上发出。张子野词"弹到断肠时,春山眉黛低",即袭此。然落牛词之后,亦不见其佳胜也。(《唐宋词简释》)

# 江城子

鸂鶒飞起郡城东①,碧江空,半滩风。越王官殿②，蘋叶藕花中。帘卷水楼渔浪起，千片雪③，雨蒙蒙。

## 注释

① 鸂鶒：水鸟名。

② 越王宫殿：越王勾践的宫殿。

③ 千片雪：言浪花如雪。

## 辑评

汤显祖云：起句率意。（汤显祖评本《花间集》）

陈廷焯云："越王"九字，风流悲壮。（《云韶集》）　又云：感慨苍凉。（《词则·大雅集》）

俞陛云云：越王台在越溪畔。四、五句谓霸图消歇，遗殿无存，但见红藕翠蘋，凄迷野水，与李白咏勾践诗"宫女如花满春殿，只今惟有鹧鸪飞"皆怀古苍凉之作。此词兼咏越溪风物，风吹雪浪，在空蒙烟雨中，诗情与画景兼之。（《五代词选释》）

李冰若云：松卿词笔在《花间》亦属中流，但时有隽语。如此词"越王宫殿"一语，不悲而神伤，自饶名贵。（《栩庄漫记》）

姜方锬云：《江城子》"鸂鶒飞起"一阕之怀古，其韵味风格，拟之"金锁重门"一调，何多让焉。（《蜀词人评传》）

张　泌　生卒年不详,《花间集》称为张舍人,列于牛峤之后,毛文锡之前,估计亦是蜀人。一说是南唐的张泌,官至内史舍人,入宋,迁侍郎。但《花间集》不录南唐人作品,且其词中多涉蜀地景物,故南唐张泌当另有其人。其词风格清绮委婉,介乎温韦之间。况周颐称:"张泌词,其佳者能蕴藉有韵致。"(《餐樱庑词话》)

# 浣溪沙

马上凝情忆旧游[①],照花淹竹小溪流,钿筝罗幕玉搔头[②]。　　早是出门长带月[③],可堪分袂又经秋[④],晚风斜日不胜愁。

## 注释

① 凝情:犹云痴情,这里指情致专注。忆旧游:追忆旧日的游踪或游伴。

② 钿筝:嵌金为饰的筝。罗幕:帷帐。玉搔头:即玉簪。

③ 带月:披星戴月。

④ 可堪:怎能经受得住。分袂:分手。袂,衣袖。

## 辑评

徐士俊云:"早是出门"一联与葆光"早是销魂"一联,皆似香

浣溪沙（马上凝情忆旧游）

山律句。(见卓人月《古今词统》)

谭献云:开北宋疏宕之派。(谭评《词辨》)

陈廷焯云:流水对。工丽芊绵,深深疑疑。(《云韶集》)

李冰若云:以"忆旧游"领起全词,实处皆化空灵,章法极妙。
(《栩庄漫记》)

俞平伯云:("钿筝"句)叠用三名词:玉搔头,玉簪,指妆饰;
罗幕,帷帐,指所在地;钿筝,乐器,指技艺;只七字,写人、境、情
事都有了。(《唐宋词选释》)

# 浣溪沙

独立寒阶望月华①,露浓香泛小庭花②,绣屏愁
背一灯斜。　　云雨自从分散后③,人间无路到仙
家④,但凭魂梦访天涯。

## 注释

① 月华:月光,月亮。

② 泛:散发。

③ 云雨:代喻男女之合欢。详见牛峤《菩萨蛮》(画屏重叠巫阳
翠)注。

④ "人间"句：言一别之后无法再寻觅到那人旧踪迹。这里理解
　　为男子寻觅女子或女子寻觅男子都可。

## 辑评

　　沈雄云：《花间集》曰：子澄时有幽艳语，"露浓香泛小庭花"
是也。时遂有以《浣溪沙》为《小庭花》者。（《古今词话·词评》）

　　王国维云：昔沈文悫深赏泌"绿杨花扑一溪烟"为晚唐名句，
然其词如"露浓香泛小庭花"，较前语似更幽艳。（《人间词话
附录》）

# 浣溪沙

　　依约残眉理旧黄，翠鬟抛掷一簪长①，暖风晴日
罢朝妆。　　　　闲折海棠看又捻②，玉纤无力惹余
香③，此情谁会倚斜阳④。

## 注释

① "依约"二句：意谓早晨起床眉妆已是隐隐约约，若有若无，懒懒
　　地整理着残存的额黄，翠鬟散乱，挂于发际，约有一簪之长。
② 捻：搓转。

③ 玉纤:玉手,女子细柔的手。

④ 会:理解,了解。

## 辑评

李冰若云:写春困情态,入木三分。(《栩庄漫记》)

# 浣溪沙

翡翠屏开绣幄红①,谢娥无力晓妆慵②,锦帷鸳被宿香浓。　　微雨小庭春寂寞,燕飞莺语隔帘栊,杏花凝恨倚东风③。

## 注释

① 绣幄:绣帐。

② 谢娥:即谢娘,这里泛指美丽女子。

③ 杏花:喻思妇本人。凝恨倚东风:锦帷鸳被无人与共,因而满怀寂寞与怨愁斜倚于东风之中。

## 辑评

况周颐云:张子澄句"杏花凝恨倚东风",又"断香轻碧锁愁

深",妙在"凝"字、"碧"字,若换用他字,便无如此神韵。"碧"字尤为人所易忽。(《餐樱庑词话》)


# 浣溪沙

　　枕障熏炉隔绣帷[①],二年终日两相思。杏花明月始应知[②]。　　　天上人间何处去,旧欢新梦觉来时。黄昏微雨画帘垂。


## 注释

① 枕障:犹枕屏。古人常用屏风围枕,故称"枕障"。李白《巫山枕障》:"巫山枕障画高丘,白帝城边树色秋。"

② "杏花"句:这是作者回忆当年与恋人在杏花明月之下的旧情,所以说杏花明月应该知道。


## 辑评

　　汤显祖云:第三个年头,自有知者。"杏花明月",知我怜我,未必笑我。(汤显祖评本《花间集》)

　　沈际飞云:到末句自然掉下泪来。(《草堂诗余别集》)

　　许昂霄云:不言而神伤。(《词综偶评》)

陈廷焯云:"始应知"三字,想有所指,非空语也。对法活泼,导人先路,结句尤佳。(《云韶集》) 又云:婉约。对法活泼。(《词则·别调集》)

俞陛云云:第三句间消息于杏花,以年计也;诉愁心于明月,以月计也。乃申言第二句二年相思之苦。下阕新愁旧恨,一时并集,况"帘垂"、"微雨"之时。与玉溪生"更无人处帘垂地"句相似,殆有帷屏之悼也。(《唐词选释》)

李冰若云:凄婉之调,下开小晏。全词布置之佳,正如冯正中之《蝶恋花》愈婉愈深,愈淡愈哀,盖不惜以金针度尽世人者也。(《栩庄漫记》)


# 浣溪沙

偏戴花冠白玉簪[①],睡容新起意沉吟[②],翠钿金缕镇眉心[③]。 小槛日斜风悄悄[④],隔帘零落杏花阴,断香轻碧锁愁深[⑤]。


**注释**

① "偏戴"句:言女子午睡醒来心情不佳,但偏偏还要戴起花冠白玉簪。

② 沉吟:迟疑不决。曹操《短歌行》:"青青子衿,悠悠我心;但为君故,沉吟至今。"

③ "翠钿"句:描写女子的一种打扮,即将金缕束绕玉簪,插于发际,让金缕垂于眉心。

④ 小槛:小栏杆。

⑤ "断香"句:以"销愁深"点出女子内心的情感。断香,指香味断断续续。轻碧,指杏花零落后其叶子似乎变轻巧碧绿了。

## 辑评

汤显祖云:锁得住的,还不是愁。人言愁,我始叹愁,只为锁他不住。(汤显祖评本《花间集》)

李调元云:张舍人泌,词如其诗,《花间集》所载,皆可入选。更工于用字,如《浣溪沙》云"翠钿金缕镇眉心",又"断香轻碧锁愁深","镇"、"锁"二字,开后人无限法门。(《雨村词话》)

# 浣溪沙

晚逐香车入凤城①,东风斜揭绣帘轻,漫回娇眼笑盈盈②。　　消息未通何计是③,便须伴醉且随行,依稀闻道太狂生④。

① 凤城：京城。杜甫《夜》："步蟾倚杖看牛斗，银汉遥应接凤城。"仇兆鳌《杜诗详注》引赵次公《杜诗注》："秦穆公女吹箫，凤降其城，因号丹凤城。其后，言京城曰凤城。"

② 漫：随意地。

③ 消息未通：指与车中美人的情意未通。

④ 太狂生：指车中美人的嗔骂语"太狂了"。生，语助词，无义。

**辑评**

徐士俊云：（"依稀"句）闻此语，当更狂矣。（见卓人月《古今词统》）

李冰若云：子澄笔下无难达之情，无不尽之境，信手描写，情状如生，所谓冰雪聪明者也。如此词活画出一个狂少年举动来。（《栩庄漫记》）

姜方锬云：近人谓此词真挚活跃，艳而不淫，恨稍露耳。（《蜀词人评传》）

# 浣溪沙

小市东门欲雪天①，众中依约见神仙②，蕊黄香画贴金蝉③。　　饮散黄昏人草草④，醉容无语立门前⑤，马嘶尘烘一街烟⑥。

## 注释

① 小市：指小城。

② 依约：隐约。神仙：这里是指男主人公心仪的女子。

③ "蕊黄"句：写女子的装扮。蕊黄：见温庭筠《菩萨蛮》(蕊黄无限当山额)注。金蝉：指所佩戴的蝉形钗。

④ 草草：匆忙、杂乱的样子。

⑤ "醉容"句：这里也写出了男主人公的怅惘情绪。

⑥ 尘烘：灰尘飞扬。烘，焚烧，这里形容尘土扬起的样子。

## 辑评

李调元云："烘"字宋词多用，如《烘堂词》及"一烘人烟"之类。唐张泌有"马嘶尘烘一街烟"之句，"烘"字始此。(《雨村词话》)

李冰若云：一"烘"字形容闹市极似，再无他字可代。此之谓工于炼字。(《栩庄漫记》)

# 临江仙

烟收湘渚秋江静①，蕉花露泣愁红。五云双鹤去无踪<sup>②</sup>。几回魂断，凝望向长空。　　翠竹暗留珠泪怨<sup>③</sup>，闲调宝瑟波中<sup>④</sup>。花鬟月鬓绿云重<sup>⑤</sup>。古祠深殿，香冷雨和风。

## 注释

① 湘渚:湘江之渚。

② 五云双鹤:指五彩云，双白鹤，都是仙人所乘之物。

③ "翠竹"句:据《述异记》载，舜南巡，崩，葬于苍梧。二妃娥皇、女英泪下沾竹，成湘妃竹。

④ "闲调"句:传说舜之二妃化为湘水女神，善于鼓瑟。调，弹奏。

⑤ 绿云重:形容鬟发浓美。

## 辑评

汤显祖云:词气委婉，不即不离，水仙之雅调也。(汤显祖评本《花间集》)

周启琦云:帆影落时，绿芜涨岸，可方此词。(见《删补唐诗选脉笺释会通评林》)

李冰若云:"蕉花露泣愁红"，凄艳之句。全词亦极缥缈之思，不落凡俗。(《栩庄漫记》)

华钟彦云:此词咏湘妃也。(《花间集注》)

# 河　传

　　渺莽云水[1]，惆怅暮帆，去程迢递[2]。夕阳芳草，千里万里，雁声无限起。　　梦魂悄断烟波里[3]，心如醉，相见何处是。锦屏香冷无睡，被头多少泪。

## 注释

① 渺莽：即渺茫。

② 迢递：遥远。

③ "梦魂"句：这里开始由送别转到别后情景的描写。悄断，悄悄地结束。

## 辑评

　　汤显祖云：可怜。《河传》高调。（汤显祖评本《花间集》）

　　李冰若云：起句飒然而来，不亚《别》、《恨》二赋首语，可谓工于发端。而承以"夕阳"、"千里"三句，苍凉悲咽，惊心动魄矣。（《栩庄漫记》）

# 河　传

　　红杏，交枝相映，密密蒙蒙[1]。一庭浓艳倚东风，香融②，透帘栊。　　斜阳似共春光语③，蝶争舞，更引流莺妒④。魂销千片玉樽前，神仙，瑶池醉暮天⑤。

## 注释

① 蒙蒙：纷乱。

② 香融：香气融化在空气中。

③ "斜阳"句：言斜阳似乎也留恋大好春光而不忍下山。

④ 流莺妒：指黄莺忌妒蝴蝶双双飞舞。

⑤ "瑶池"句：意谓在薄暮时分沉醉在瑶池仙境中。瑶池，西王母宴请周穆王的地方。《列子·周穆王篇》："宾于西王母，觞于瑶池之上。"

## 辑评

　　况周颐云：张子澄词，其佳者能蕴藉，有韵致。其《河传》云："夕阳芳草，千里万里。雁声无限起。"又云："斜阳似共春光语。"只是不尽之情，目前之景，却未经人道过。（《历代词人考略》）

　　李冰若云："斜阳似共春光语"，隽语也。（《栩庄漫记》）

# 酒泉子

春雨打窗，惊梦觉来天气晓。画堂深，红焰

小①，背兰钉②。　　　酒香喷鼻懒开缸③，惆怅更无人共醉。旧巢中，新燕子，语双双。

## 注释

① 红焰小:指灯焰渐渐暗下去。

② 背:背对。钉(gāng 缸):灯。

③ 缸:这里指酒坛。

## 辑评

汤显祖云:抚景怀人,如怨如慕,何减《摽梅》诸什。(汤显祖评本《花间集》)

# 生查子

相见稀，喜相见，相见还相远。檀画荔枝红①，金蔓蜻蜓软②。　　　鱼雁疏，芳信断③，花落庭阴晚。可惜玉肌肤，消瘦成慵懒。

## 注释

① "檀画"句:系描写女子面妆的颜色。檀,檀色,画家所用七十

二色之一,即浅赭色。

② "金蔓"句:系描写女子佩戴的用金丝织成的蜻蜓状的饰物。
金蔓,金丝。蜻蜓软,指飞舞状的蜻蜓。

③ "鱼雁"二句:言别后音信不通。鱼雁,书信。

## 辑评

汤显祖云:信笔而往,无一浮蔓,非只止口头禅也。(汤显祖评本《花间集》)

# 南歌子

柳色遮楼暗, 桐花落砌香①。画堂开处远风凉,
高卷水精帘额, 衬斜阳。

## 注释

① 砌:台阶。

## 辑评

汤显祖云:("柳色"二句)有韵致。(汤显祖评本《花间集》)
徐士俊云:泌之"衬斜阳",宪之"背斜阳",争妍一字。(见卓

167

人月《古今词统》）

许昂霄云：此初日芙蓉，非镂金错彩也。（《词综偶评》）

俞陛云云：写明丽之韶光。"帘额"、"斜阳"，尤推秀句。（《五代词选释》）

# 南歌子

岸柳拖烟绿①，庭花照日红。数声蜀魄入帘栊②，惊断碧窗残梦，画屏空。

## 注释

① 拖：曳。
② 蜀魄：杜鹃鸟的别名。据说古蜀国望帝因悲亡国，死后魂魄化为杜鹃鸟，鸣声凄切。

## 辑评

俞陛云云：结句云"残梦"、"屏空"，则花明柳暗，皆春色恼人耳。（《五代词选释》）

李冰若云：意亦犹人，词特清疏。（《栩庄漫记》）

# 江城子

碧阑干外小中庭①，雨初晴，晓莺声。飞絮落花，时节近清明。睡起卷帘无一事，匀面了②，没心情。

## 注释

① 阑干：同栏杆。小中庭：小小的庭院之中。

② 匀面了：涂擦面上的脂粉，指化妆。

## 辑评

汤显祖云："无一事"，不消匀面；"匀面了，没心情"，连匀面也是多的。（汤显祖评本《花间集》）

李冰若云："飞絮落花，时节近清明"，流丽之句，却寓伤春之感。（《栩庄漫记》）

# 江城子

浣花溪上见卿卿①，脸波秋水明②，黛眉轻③。绿云高绾，金簇小蜻蜓④。好是问他来得么⑤，和笑道⑥，莫多情。

## 注释

① 卿卿：男女之间的昵称。

② 脸波：应是眼波。

③ 黛眉轻：谓眉画得淡淡的。

④ "绿云"二句：意谓将头发盘绕起来打成高髻，上面插着蜻蜓形状的金钗饰。绾（wǎn 碗），盘发为髻。

⑤ "好是"句：好好地问她能否赴约。

⑥ 和笑：含笑。

## 辑评

徐士俊云：二词风流调笑，类李易安。（见卓人月《古今词统》）

茅暎云：更觉多情。（《词的》）

陈廷焯云：结六字写得可人。（《云韶集》） 又云：妙在若会意若不会意之间，惜语近俚。（《词则·闲情集》）

刘永济云：此词相传有实事。盖泌少时与邻浣衣女相爱，后女嫁别人，泌寄以一诗云："别梦依依到谢家，小廊回合曲阑斜。多情只有春庭月，犹为离人照落花。"浣衣女得诗，流泪而已。封建社会，婚姻不得自由，如此事者甚多。此二首或追叙少时相爱情事。前首写其居处及妆罢自怜之情；后首则写初会面时之事。末作对话，词中甚不多见。"莫多情"三字，含意甚深而天真可爱。（《唐五代两宋词简析》）

# 河渎神

古树噪寒鸦，满庭枫叶芦花。昼灯当午隔轻纱①，画阁珠帘影斜。　　门外往来祈赛客②，翩翩帆落天涯。回首隔江烟火，渡头三两人家。

### 注释

① 昼灯：指神庙里白天所点的灯。这首词咏本调，即指写神庙祈祀情景。隔轻纱：这里指灯罩。

② 祈赛客：向神许愿求福的人。赛，报答的意思。

### 辑评

李冰若云："回首隔江烟火，渡头三两人家"，可作画景，与首二句同一萧然，其为秋也。（《栩庄漫记》）


# 蝴蝶儿

蝴蝶儿，晚春时。阿娇初着淡黄衣①，倚窗学画伊②。　　还似花间见，双双对对飞。无端和泪拭胭脂，惹教双翅垂③。

## 注释

① 阿娇:汉武帝刘彻的姑母长公主之女,被立为皇后。这里代指画蝴蝶的女人。

② 画伊:即画蝴蝶。

③ "惹教"句:意谓女子的眼泪滴落在画上,致使蝴蝶的双翅被泪水沾湿而变形下垂。

## 辑评

汤显祖云:("阿娇"句)妩媚。(汤显祖评本《花间集》)

陈廷焯云:妮妮之态,一一绘出。(《云韶集》) 又云:如许钟情,干卿甚事。(《词则·闲情集》)

俞平伯云:这词不写真的蝴蝶,而写画的蝴蝶;画上的蝴蝶却处处当作真蝴蝶去写,又关合作画美人的情感。(《唐宋词选释》)

毛文锡　字平珪,南阳(今属河南)人,生卒年不详,约913年前后在世。年十四,登进士第,后至成都,仕前蜀至司徒,复仕后蜀,以小词而深得蜀后主孟昶赏识。其词大都为供奉内廷之作,情致质实,不免流于率露。沈雄云:"文锡词大致匀净,不及熙震。"(《古今词话》)

# 虞美人

宝檀金缕鸳鸯枕,绶带盘宫锦①。夕阳低映小窗明,南园绿树语莺莺,梦难成。　　玉炉香暖频添炷②,满地飘轻絮。珠帘不卷度沉烟③,庭前闲立画秋千④,艳阳天。

## 注释

① "宝檀"二句:写物品之精美,衣着之华丽。宝檀,言鸳鸯枕之颜色为宝贵的檀色。绶带,即丝带,衣带。宫锦,系指衣服用美锦织成。

② 添炷:即添香炷。

③ 度沉烟:指房内弥漫着沉香木的烟。

④ 闲立:美人的春闺幽怨由此二字而微微透出。

汤显祖云：（"宝檀"二句）富丽。唐人旧曲云"帐中草草军情变"，宋黄载亦云"楚歌声起霸图休"，似专为虞姬发论。二词虽芬芳袭人，何以命意迥隔？（汤显祖评本《花间集》）

王士禛云：词中佳语，多从诗出。如毛司徒"夕阳低映小窗明"，顾太尉"蝉吟人静，斜日傍，小窗明"，皆本黄奴"夕阳如有意，偏傍小窗明"。皆文人偶然游戏，非向《樊川集》中作贼。（《花草蒙拾》）

# 中兴乐

豆蔻花繁烟艳深①，丁香软结同心②。翠鬟女，相与共淘金。　　红蕉叶里猩猩语③，鸳鸯浦。镜中鸾舞④，丝雨隔，荔枝阴。

## 注释

① 烟艳：形容花之艳色与雾气相混。

② 软结同心：言丁香花含蕾不吐，似乎是在结同心。

③ 红蕉：即美人蕉。猩猩语：猩猩啼叫。张籍《贾客乐》："秋江初月猩猩语，孤帆夜发满湘渚。"

④ 镜中鸾舞:这里的"镜"当指鸳鸯浦的湖水,"鸾舞"当指翠鬟
　　女在戏水。

## 辑评

　　李调元云:古淘金多妇女,大约出于两粤土俗。毛文锡《中
兴乐》词云:"豆蔻花繁烟艳深(略)。"皆粤中俗也。今楚蜀多有
之,然皆用男子矣。(《雨村词话》)

　　李冰若云:全首写风土,如入炎方所见,不嫌其质朴也。惟
"镜中鸾舞"句,凭空插入,殊为减色。(《栩庄漫记》)

# 更漏子

　　春夜阑①,春恨切,花外子规啼月。人不见,梦
难凭②,红纱一点灯③。　　　偏怨别,是芳节,庭下
丁香千结④。宵雾散,晓霞辉,梁间双燕飞。

## 注释

① 春夜阑:春夜将尽。

② 难凭:无所依托。

③ "红纱"句:意谓红纱笼罩着孤灯一盏。

更漏子（春夜阑）

④ 丁香千结：古人常借丁香含蕾不吐象征愁思郁结。李商隐《代赠二首》："芭蕉不展丁香结，同向春风各自愁。"

## 辑评

陈廷焯云："红纱一点灯"，真妙。我读之不知何故，只是瞠目呆望，不觉失声一哭。我知普天下世人读之，亦无不瞠目呆望失声一哭也。又云："红纱一点灯"五字五点血。（《云韶集》）

俞陛云云：上阕言春夜之怀人。质言之，人既不见，虚索之梦又无凭，则当前相伴，惟此一点纱灯，照我迷离梦境耳。下阕言春日之怀人，霞明雾散，见燕双而人独也。（《五代词选释》）

李冰若云：文锡词质直寡味，如此首之婉而多怨，绝不概见，应为其压卷之作。（《栩庄漫记》）

# 甘州遍

秋风紧，平碛雁行低①，阵云齐②。萧萧飒飒③，边声四起④，愁闻戍角与征鼙⑤。　　青冢北⑥，黑山西⑦。　　沙飞聚散无定，往往路人迷。铁衣冷，战马血沾蹄，破蕃奚⑧。凤凰诏下⑨，步步蹑丹梯⑩。

## 注释

① 平碛(qì 弃):一望无际的沙漠。碛,水中沙堆,这里指沙漠。
雁行:大雁飞时排列成行。

② 阵云:战地上空的云。

③ 萧萧飒飒:形容随风入耳的鼓角声,令人有一种荒凉的感觉。

④ 边声:边地的各种声响,如马的嘶鸣声、风的吼叫声、战鼓的
咚咚声等。

⑤ 愁闻:点出征人戍守边塞的艰苦。戍角:边地防军的号角声。
征鼙(pí 皮):战鼓。

⑥ 青冢:即汉代王昭君墓,在今内蒙古呼和浩特市南。古人传
说塞草皆白,唯此冢草青,故名。

⑦ 黑山:又名杀虎山,在今内蒙古和林格尔以北。

⑧ 蕃奚:奚是我国北方的少数民族。《旧唐书·北狄传》:"奚
国,盖匈奴之别种也。"唐时与契丹被称为"两蕃"。

⑨ 凤凰诏:后赵石虎颁发诏书,衔在特制的木凤口中发下,故后
世称皇帝的诏书为凤诏或凤凰诏。

⑩ 蹑(niè 聂)丹梯:意谓得到朝廷的重用,步步高升。蹑,踏。
丹梯,古代道教徒所幻想的仙梯。谢朓《敬亭山》诗:"要欲追
奇趣,即此陵丹梯。"

## 辑评

陈廷焯云:结以功名,鼓战士之气。(《词则·放歌集》)

李冰若云：描写边塞荒寒景象颇佳。词亦无死声，佳作也。（《栩庄漫记》）

# 纱窗恨

双双蝶翅涂铅粉①，咂花心②，绮窗绣户飞来稳，画堂阴。　　二三月爱随飘絮，伴落花，来拂衣襟。更剪轻罗片③，傅黄金④。

## 注释

① 铅粉：女子涂脸的白粉，又称"铅华"。此喻部分蝶翅的色泽。
　曹植《洛神赋》："芳泽无加，铅华不御。"这是一首咏蝶词。
② 咂(zā)花心：采花蕊。咂，吮。
③ 轻罗片：言蝶翅轻薄如剪下来的绸片。
④ 傅黄金：形容黄色的蝶翅如附着了黄金。

## 辑评

汤显祖云："咂"字尖，"稳"字妥，他无可喜句。（汤显祖评本《花间集》）

沈雄云：毛文锡词大致匀净，不及熙震，其所撰《纱窗

恨》,可歌也。(《古今词话·词评》)

# 醉花间

休相问,怕相问,相问还添恨。春水满塘生,鸂
鶒还相趁①。　　昨夜雨霏霏,临明寒一阵。偏忆戍
楼人,久绝边庭信②。

## 注释

① 相趁:相互追逐嬉戏的意思。
② 边庭:边地,边塞。

## 辑评

陈廷焯云:此种起笔,合下章自成章法,自是一时兴到之作,
婉约无比。后人屡屡效之,反觉数见不鲜矣。(《云韶集》)

张德瀛云:《醉花间》云:"休相问,怕相问,相问还添恨。"其
又一阕云:"深相忆,莫相忆,相忆情难极。"孙荆台《谒金门》云:
"留不得,留得也应无益。"皆欧阳永叔所谓陡健之笔。(《词徵》)

况周颐云:《花间集》毛文锡三十一首,余只喜《醉花间》后
段:"昨夜雨霏霏,临明寒一阵。偏忆戍楼人,久绝边庭信。"情景

不奇,写出正复不易。语淡而真,亦轻清,亦沉着。(《餐樱庑词话》)

俞陛云云:言已拼得不相闻问。人苦独居,不及相趁之鹨鹒,而晓来过雨,忽念征人远戍,寒到君边,虽言"休相问",安能不问? 越抛可,越是缠绵耳。(《五代词选释》)


# 醉花间

深相忆,莫相忆,相忆情难极。银汉是红墙,一带遥相隔①。　　金盘珠露滴②,两岸榆花白。风摇玉珮清③,今夕为何夕④。


## 注释

① "银汉"二句:意谓红墙一道即隔开情人,使不得相见,犹如银河之水阻隔了牛郎、织女。李商隐《代应》诗:"本来银汉是红墙,隔得卢家白玉堂。"

② "金盘"句:传说汉武帝在建章宫内立铜柱,高二十丈,上有仙人掌、承露盘。

③ 玉珮清:玉珮发出清越的响声。

④ "今夕"句:《诗经·唐风·绸缪》:"今夕何夕,见此良人。"词

人用此典故表明自己在梦中遇到了思念的人。

## 辑评

汤显祖云：创语奇耸，不嫌高调。（汤显祖评本《花间集》）

徐士俊云："粉墙高似青天"之句，未奇也。（见卓人月《古今词统》）

陈廷焯云：与上章起笔合拍，结笔尤胜上章。（《云韶集》）又云：笔意古雅。（《词则·闲情集》）

俞陛云云：言红墙遥隔，明知相忆徒劳，然风露良宵，安能忘却？则不相忆者，实相忆之深也。（《五代词选释》）

# 应天长

平江波暖鸳鸯语，两两钓船归极浦①。芦洲一夜风和雨，飞起浅沙翘雪鹭②。　　渔灯明远渚，兰棹今宵何处③？罗袂从风轻举④，愁杀采莲女。

## 注释

① 极浦：远浦，即目光望不到的水边。

② 翘雪鹭：白鹭翘起双翅。

③ 兰棹:兰木做的桨,这里指离别的情人所乘的船。

④ 罗袂:罗袖。

## 辑评

况周颐云:毛文锡《应天长》云:"渔灯明远渚,兰棹今宵何处?"柳屯田云:"今宵酒醒何处,杨柳岸,晓风残月。"毛词简质而情景具足,后人但能歌柳词耳。"知者亦不易",诚哉是言。(《餐樱庑词话》)

# 巫山一段云

雨霁巫山上①,云轻映碧天。远风吹散又相连,十二晚峰前②。 暗湿啼猿树,高笼过客船。朝朝暮暮楚江边,几度降神仙③。

## 注释

① 雨霁:雨后初晴。

② 十二晚峰:即巫山十二峰。

③ "朝朝"二句:化用宋玉《高唐赋》楚王在高唐梦见巫山神女的典故。详见牛峤《菩萨蛮》(画屏重叠巫阳翠)注。

巫山一段云（雨霁巫山上）

## 辑评

叶梦得云:文锡词以质实为情致,殊不知流于率露。诸人评庸陋词者,必曰此仿毛文锡之《赞成功》而不及者。逮览其全集,有《巫山一段云》词,细心微诣,直造蓬莱顶上。(见王奕清《历代词话》)

汤显祖云:"一自高唐赋成后,楚天云雨尽堪疑",信然。(汤显祖评本《花间集》)

徐士俊云:画云第一手。(见卓人月《古今词统》)

贺裳云:文人无赖,至驰思杳冥,盖自高唐作俑而后,遂浸淫不可禁矣。毛文锡《巫山一段云》曰:"远风吹散又相连,十二晚峰前。暗湿啼猿树,轻笼过客船。"摹写云气,真觉氤氲蓊渤,满于纸上。末云:"朝朝暮暮楚江边,几度降神仙。"虽用神女事,犹不失为国风好色。(《皱水轩词筌》)

陈廷焯云:神光离合,高唐神女之流亚也。(《云韶集》)

李冰若云:"远峰吹散"二句,甚有烟云缥缈之致,可称佳句,惜下半阕又过于着实耳。(《栩庄漫记》)


# 临江仙

暮蝉声尽落斜阳,银蟾影挂潇湘①。黄陵庙侧水茫茫<sup>②</sup>。楚江红树，烟雨隔高唐。　　岸泊渔灯风飐碎<sup>③</sup>，白蘋远散浓香。灵娥鼓瑟韵清商<sup>④</sup>。朱弦凄切，云散碧天长。

## 注释

① 银蟾:月亮。

② 黄陵庙:即湘妃祠,旧址在今湖北宜昌长江边。

③ 风飐(zhǎn 展)碎:指风吹渔灯,灯光或明或暗,点点碎碎。

④ 灵娥鼓瑟:指湘灵鼓瑟。清商:即清商曲,其音多哀怨。

## 辑评

　　陈廷焯云:就调名使事,古法本如此。结超远。(《词则·别调集》)

　　俞陛云云:五代词多哀感顽艳之作。此调则清商弹湘瑟哀弦,夜月访黄陵遗庙,扬舲楚泽,泠然有疏越之音,与谪仙之"白云明月吊湘娥"同其逸兴。(《五代词选释》)

**牛希济** 陇西(今甘肃)人,牛峤之侄,约913年前后在世。早年即有文名,遇丧乱,流寓蜀地,依牛峤,曾仕前蜀与后唐两朝。李冰若评其词云:"希济词笔清俊,胜于乃叔,雅近韦庄,尤善白描。"(《栩庄漫记》)

# 临江仙

峭碧参差十二峰①,冷烟寒树重重。瑶姬宫殿是仙踪②。金炉珠帐,香霭昼偏浓。　　一自楚王惊梦断,人间无路相逢。至今云雨带愁容。月斜江上,征棹动晨钟③。

## 注释

① 十二峰:指巫山十二峰。

② 瑶姬:此指巫山神女。

③ "征棹"句:意谓在晨钟声中客船起航了。征棹,代指客船。

## 辑评

仇远云:希济《临江仙》,芊绵温丽极矣。自有凭吊凄怆之意,得咏史体裁。(见王奕清《历代词话》)

吴任臣云:希济素以诗词擅名,所撰《临江仙》二阕,有云:

"月斜江上，征棹动晨钟。"又云："皆道胜人间，须知狂客，拼死为红颜。"特为词家之隽。（《十国春秋》）

李冰若云：全词咏巫山女事，妙在结二句，使实处俱化空灵矣。（《栩庄漫记》）

# 临江仙

江绕黄陵春庙闲①，娇莺独语关关②。满庭重叠绿苔斑。阴云无事，四散自归山。　　箫鼓声稀香烬冷，月娥敛尽弯环③。风流皆道胜人间。须知狂客，拼死为红颜④。

## 注释

① 黄陵庙：即湘妃祠。此词系咏湘妃。

② 关关：象声词，莺啼声。

③ 月娥：以月拟人，故称"月娥"。弯环：指月弯如环。

④ "须知"二句：意谓屈原也为湘夫人风流所迷，愿随之而逝。这样写，是因为屈原《湘夫人》有"闻佳人兮招予，将驾兮偕逝"的句子。

188

**辑评**

贺裳云：牛希济"黄陵庙"曰："风流皆道胜人间。须知狂客，拼死为红颜。"抑何狂惑也。然词则妙矣。（《皱水轩词筌》）

李冰若云："须知狂客，拼死为红颜。"可谓说得出，妙在语拙而情深，然以咏二妃庙，又颇觉其不伦。（《栩庄漫记》）

# 临江仙

素洛春光潋滟平①，千重媚脸初生②。凌波罗袜势轻轻③。烟笼日照，珠翠半分明④。　　风引宝衣疑欲舞，鸾回凤翥堪惊⑤。也知心许恐无成⑥。陈王辞赋⑦，千载有声名。

**注释**

① 素洛：清澈的洛水。此词系咏洛水之神。潋滟：水波流动的样子。

② "千重"句：描写洛神千娇百媚的容貌。媚脸，指妩媚动人的容貌。

③ "凌波"句：谓洛神步履轻盈。曹植《洛神赋》："凌波微步，罗袜生尘。"

④ "珠翠"句：谓洛神所佩戴的首饰因光线照射而或暗或明。

⑤ 鸾回凤翥(zhù 住)：指鸾凤来回飞翔。以摹写飞舞状。翥，向上飞。

⑥ 心许：心愿。

⑦ 陈王辞赋：指陈思王曹植的《洛神赋》。《洛神赋》是曹植途经洛水有感而作。辞赋中写自己与洛神相遇、相爱，但隔于人神之道，终不能合欢。

## 辑评

汤显祖云：洛神写照，正在阿堵中。惊鸿游龙数语，已为描尽。（汤显祖评本《花间集》）

# 酒泉子

枕转簟凉①，清晓远钟残梦。月光斜，帘影动，旧炉香②。　　梦中说尽相思事，纤手匀双泪。去年书，今日意，断离肠。

## 注释

① 簟：席子。

② "月光"三句：系闺中女子梦醒后的所见与所闻。

李冰若云:罗罗清疏。(《栩庄漫记》)

# 生查子

春山烟欲收<sup>①</sup>，天澹稀星小。残月脸边明，别泪临清晓。　　语已多，情未了，回首犹重道<sup>②</sup>。记得绿罗裙，处处怜芳草<sup>③</sup>。

**注释**

① 烟欲收:雾气渐渐地收敛。

② 重道:再次地说。

③ "记得"二句:化用南朝江总妻《赋庭草》"雨过草芊芊,连云锁南陌,门前君试看,是妾罗裙色"之诗意。怜,爱怜。

**辑评**

陈廷焯云:"春山"十字,别后神理。"晓风残月",不是过也。结笔尤佳。(《云韶集》)

俞陛云云:空清晓欲别,次第写来,与《片玉词》之"泪花落枕红绵冷"词格相似。下阕言行人已去,犹回首丁宁,可见眷恋之

殷。结句见天涯芳草,便忆及翠裙,表"长毋相忘"之意。(《五代词选释》)

李冰若云:"记得绿罗裙,处处怜芳草",词旨悱恻温厚,而造句近乎自然,岂飞卿辈所可企及?"语已多,情未了,回首犹重道",将人人共有之情和盘托出,是为善于言情。(《栩庄漫记》)

唐圭璋云:此首写别情。上片别时景,下片别时情。起写烟收星小,是黎明景色。"残月"两句,写晓景尤真切。残月映脸,别泪晶莹,并当时人之愁情,都已写出。换头,记别时言语,悱恻温厚。着末,揭出别后难忘之情,以处处芳草之绿,而联想人罗裙之绿,设想似痴,而情则极挚。(《唐宋词简释》)

# 中兴乐

池塘暖碧浸晴晖①,蒙蒙柳絮轻飞。红蕊凋来②,醉梦还稀③。　　春去空有雁归④,珠帘垂。东风寂寞,恨郎抛掷,泪湿罗衣。

**注释**

① 晴晖:晴天的阳光。

② 红蕊凋来:红花谢了。

③ 醉梦还稀:言希望能在醉梦中见到远方爱人,但这样的梦竟
然很少做到。
④ "春去"句:意谓没有远方爱人的来信。

## 辑评

汤显祖云:"池塘暖碧浸晴晖",又有"春云"、"柳絮",已具四
难之半,那得更生他想。(汤显祖评本《花间集》)

**欧阳炯** (896—971),益州华阳(今四川成都)人,曾仕前、后蜀,入宋授左散骑常侍。善文章,尤工诗词,广政三年(940)曾为《花间集》作序。又善吹长笛,宋太祖曾召至偏殿吹奏。其词多写艳情,但亦有清新之作。况周颐云:"欧阳炯词艳而质,质而愈艳,行间句里,却有清气往来。大概词家如炯,求之晚唐五代,亦不多觏。"(《历代词人考略》)

# 浣溪沙

落絮残莺半日天①,玉柔花醉只思眠②,惹窗映竹满炉烟。　　独掩画屏愁不语,斜欹瑶枕髻鬟偏,此时心在阿谁边③?

## 注释

① 残莺:晚莺。

② 玉柔花醉:形容女子的娇弱之态。

③ "此时"句:这是闺中人午睡醒来"愁不语"之际对情人所发出的疑问。阿谁边,即谁那边。

## 辑评

沈际飞云:炯又云"有情无力泥人时",可注"玉柔"句。又评末句云:一问跃然。(《草堂诗余别集》)

徐士俊云:炯又云"有情无力泥人时",是惯领略"柔"、"醉"二字者。(见卓人月《古今词统》)

李冰若云:"玉柔花醉",用字妍丽。(《栩庄漫记》)


# 浣溪沙

相见休言有泪珠,酒阑重得叙欢娱[①],凤屏鸳枕宿金铺[②]。　　兰麝细香闻喘息,绮罗纤缕见肌肤,此时还恨薄情无[③]?


## 注释

① 酒阑:酒意已深。

② 金铺:原指门上衔门环之兽形物,这里代指闺房。

③ "此时"句:这是拟写男子的情话。无,疑问语气词,近于今"吗"字。


## 辑评

沈际飞云:尝谓美人一日有嗔怪时方有趣,一年有病苦时方有韵,一生有别离时方有情,欧阳早会之。(《草堂诗余别集》)

陈廷焯云：结语情致可想。（《云韶集》）

况周颐云：自有艳词以来，殆莫艳于此矣。半塘僧惊曰：奚翅艳而已，直是大且重。苟无花间词笔，孰敢为斯语者。（《蕙风词话》）

李冰若云：欧阳炯《浣溪沙》"相见休言有泪珠"一首，叙事层次井然，叙情淋漓尽态。而着语尚有分寸，以视柳七、黄九之粗俗不堪，自有上下床之别。（《栩庄漫记》）

# 三字令

春欲尽，日迟迟①，牡丹时。罗幌卷②，翠帘垂。彩笺书，红粉泪，两心知。　　人不在，燕空归，负佳期。香烬落，枕函欹③。月分明，花淡薄，惹相思。

## 注释

① 迟迟：形容春日舒长貌。

② 罗幌：罗绸制的帷幔。

③ 枕函：即睡枕。欹（qī 欺）：倾斜。

**辑评**

汤显祖云:逐句三字转而不窘,不坌,不崛头,亦是老手。(汤显祖评本《花间集》)

许昂霄云:"罗幌卷"五句,由外而内;"香烬落"五句,由内而外。"花淡薄"句,春光欲尽,故曰"淡薄"。(《词综偶评》)

陈廷焯云:"两心知"三字温厚,较"忆君君不知"更深。好在"分明"、"淡薄"四字。(《云韶集》)

俞陛云云:十六句皆三字,短兵相接,一句一意。如以线贯珠,粒粒分明,仍一丝萦曳。(《五代词选释》)

唐圭璋云:此首每句三字,笔随意转,一气呵成。大抵上片白昼之情景,由外及内。下片午夜之情景,由内及外。起句,总点春尽之时。次两句,点帘外日映牡丹之景。"罗幌"两句,记人在帘内之无绪。"彩笺"两句,记人在帘内之感伤。人去不归,徒有彩笺,见笺思人,故不禁泪下难制。"两心知"一句,因己及人,弥见两情之深厚。换头三句,说明燕归人不归,空负佳期。"香烬"两句,写夜来室内之惨淡景象。结句,又从室内窥见外面之花月,引起无限相思。(《唐宋词简释》)

# 南乡子

画舸停桡①,槿花篱外竹横桥②。水上游人沙上女，回顾，笑指芭蕉林里住。

## 注释

① 画舸：彩饰的小船。桡(ráo 饶)：船桨。

② 槿：即木槿。落叶灌木，高七八尺，花有白、红、紫等色，多植以为篱笆。

## 辑评

徐士俊云：隐隐闻村落中娇女声。（见卓人月《古今词统》）

李冰若云：俨然一幅画图。（《栩庄漫记》）

俞陛云云：写蛮乡新异景物，以妍雅之笔出之，较李珣《南乡子》词尤佳。（《五代词选释》）

# 南乡子

岸远沙平，日斜归路晚霞明①。孔雀自怜金翠尾②，临水③，认得行人惊不起④。

## 注释

① 归路：回家的路。

② 自怜：自爱。

③ 临水：言孔雀临水照影。

④ "认得"句：意谓孔雀见惯了行人，行人虽惊动了它，可它并不畏惧飞走。

## 辑评

徐士俊云：说惊起者，浅矣。（见卓人月《古今词统》）

谭献云：未起意先改，直下语似顿挫。"认得行人惊不起"，顿挫语似直下，"惊"字倒装。（谭评《词辨》）

陈廷焯云：遣词用意，俱有别致。（《云韶集》）

# 南乡子

路入南中①，桄榔叶暗蓼花红②。两岸人家微雨后，收红豆③，树底纤纤抬素手④。

## 注释

① 南中：犹言南国。

② 桄榔：南方一种常绿乔木，树干高大。

③ 红豆：相思木所结子，又叫相思豆，色鲜红。王维《相思》诗：

"红豆生南国,春来发几枝。愿君多采撷,此物最相思。"

④ 纤纤:细长貌。素手:洁白的手。

## 辑评

徐士俊云:致极清丽,入宋不可复得。(见卓人月《古今词统》)

陈廷焯云:好在"收红豆"三字,触物生情,有如此境。(《云韶集》)

刘永济云:此亦咏南峤风土者。(《唐五代两宋词简析》)

# 南乡子

翡翠鵁鶄①,白蘋香里小沙汀②。岛上阴阴秋雨色,芦花扑,数只鱼船何处宿?

## 注释

① 鵁鶄:一种水鸟。

② 沙汀:沙洲。

## 辑评

汤显祖云:短词之难,难于起得不自然,结得不悠远。诸词

起句无一重复,而结语皆有余思,允称合作。(汤显祖评本《花间集》)

李冰若云:欧阳炯《南乡子》八首,多写炎方风物,不知其以何因缘而注意及此。炯蜀人,岂曾南游耶? 然其词写物真切,朴而不俚,一洗绮罗香泽之态,而为写景纪俗之词,与李珣可谓笙磬同音者矣。(《栩庄漫记》)


# 献忠心

见好花颜色,争笑东风。双脸上,晚妆同①。闭小楼深阁,春景重重。三五夜,偏有恨,月明中②。

情未已,信曾通,满衣犹自染檀红。恨不如双燕,飞舞帘栊。春欲暮,残絮尽,柳条空。


**注释**

① "双脸"二句:意思是说化了晚妆的脸与东风中的好花颜色相同。

② "三五夜"三句:因为女子春闺独守,所以见圆月而惹怨恨。三五夜,即阴历十五之夜。

## 辑评

汤显祖云:画家七十二色中有檀色,浅赭色所合。妇女晕眉色似之。唐人诗词惯喜用此。此其一也。(汤显祖评本《花间集》)

郑文焯云:起首超忽而来,毫端神妙,不可思议。(见《花间集评注》)

李冰若云:"三五夜","月明中",忽加入"偏有恨"三字,奇绝。(《栩庄漫记》)

# 贺明朝

忆昔花间初识面,红袖半遮,妆脸轻转。石榴裙带,故将纤纤玉指偷捻①,双凤金线②。　　碧梧桐锁深深院。谁料得两情,何日教缱绻③。羡春来双燕,飞到玉楼,朝暮相见。

## 注释

① 偷捻:暗中搓弄。

② 双凤金线:指裙带上用金线所绣的双凤。

③ "谁料"二句:这是在追忆与女子初次见面的情景后发出的感

叹:两情相悦的人,何时能够缠缠绵绵地厮守一生? 缱绻
(qiǎn quǎn 浅犬),缠绵。

## 辑评

茅暎云:寒鸦日影,千古相思。(《词的》)

李冰若云:欧阳炯词《南歌子》外另一种,极为浓丽,兼有俳
调风味。如《贺明朝》诸词,后启柳屯田,上承温飞卿,艳而近于
靡矣。(《栩庄漫记》)

# 贺明朝

忆昔花间相见后,只凭纤手,暗抛红豆①。人前
不解,巧传心事,别来依旧,辜负春昼②。　　碧罗
衣上蹙金绣③。睹对对鸳鸯,空裀泪痕透④。想韶颜
非久,终是为伊,只恁偷瘦。

## 注释

① 红豆:古代以红豆象征相思之物。

② "别来"二句:言别后虽然感情依旧,但却无法相见而辜负了
大好春光。

203

③ 蹙(cù 促)金锈:刺绣的一种方法,即用拈紧的金线刺绣,使刺绣品的纹路绉缩起来。又名拈金。杜甫《丽人行》:"绣罗衣裳照暮春,蹙金孔雀银麒麟。"

④ 裛:疑是"浥"字,沾湿的意思。

## 辑评

汤显祖云:无甚雕巧,只是铺排妥当,自无村妆羞涩态。(汤显祖评本《花间集》)

茅暎云:下字俊。(《词的》)

# 江城子

晚日金陵岸草平①,落霞明,水无情②。六代繁华③,暗逐逝波声。空有姑苏台上月④,如西子镜⑤,照江城⑥。

## 注释

① 金陵:今江苏南京,历史上曾称建业、建康。

② 水无情:这是就下文繁华逐波而言的。

③ 六代:指先后建都金陵的吴、东晋、宋、齐、梁、陈六朝。

江城子（晚日金陵岸草平）

④ 姑苏台:春秋时吴国所建,在今江苏苏州西南的姑苏山上。相传春秋时吴王夫差将越王勾践所献西施藏在台上的馆娃宫内。

⑤ 西子镜:西施的妆镜。

⑥ 江城:指金陵,古属吴地。

## 辑评

徐士俊云:取"只今惟有西江月"之句,略衬数字,便另换一意。(见卓人月《古今词统》)

陈廷焯云:较"越王宫殿,蘋叶藕花中"更胜一着。(《云韶集》) 又云:与松卿作同一感慨,彼于怨壮中寓风流,此于伊郁中饶蕴藉。(《词则·大雅集》)

李冰若云:此词妙处在"如西子镜"一句,横空牵入,遂尔推陈出新。(《栩庄漫记》)

俞平伯云:金陵、姑苏本非一地。春秋吴越事更在六朝前。推开一层说,即用西子镜做比喻。苏州在南京的东面,写月光由东而西。(《唐宋词选释》)

# 凤楼春

凤髻绿云丛①,深掩房栊②。锦书通,梦中相见觉来慵。匀面泪脸珠融。因想玉郎何处去，对淑景谁同③？　小楼中，春思无穷。　　倚栏颙望，暗牵愁绪④，柳花飞起东风。斜日照帘，罗幌香冷粉屏空。海棠零落，莺语残红⑤。

## 注释

① 凤髻：指发髻如凤鸟妆。绿云：指秀发。

② 房栊：即房屋。

③ 淑景：美景。

④ "倚栏"二句：言闺中人倚栏凝望，见到的却是"柳花飞起"、"斜日照帘"、"海棠零落"，反而暗自伤怀。颙(yóng 佣)望，抬头凝望。

⑤ 莺语：莺啼。残红：指落花。

## 辑评

汤显祖云："海棠零落，莺语残红"，好景真良易过。风雨忧愁各半，念之使人惘然。（汤显祖评本《花间集》）

陈廷焯云："因想"者，因梦而有想也。泪痕血点。（《云韶集》）

和　凝　(898—955),字成绩,郓州须昌(今山东东平)人。少小好学,年十九,登进士第。一生官运亨通,在梁、唐、晋、汉、周五个朝代都做过官。诗文甚富,尤好曲子词,当时曾流传于汴洛。为晋相时,恐艳词有玷名声,专派人收拾焚毁。时人称之为"曲子相公"。李冰若云:"和成绩词自是《花间》一大家。其词有清秀处,有富艳处,盖介乎温、韦之间也。"(《栩庄漫记》)

# 小重山

春入神京万木芳①。禁林莺语滑②,蝶飞狂。晓花擎露妒啼妆③。红日永,风和百花香。　　烟锁柳丝长。御沟澄碧水,转池塘。时时微雨洗风光④。天衢远⑤,到处引笙簧⑥。

## 注释

① 神京:都城。此词系咏都城春色。

② 禁林:禁苑的园林。莺语滑:指莺啼声流滑。白居易《琵琶行》:"间关莺语花底滑,幽咽泉流冰下难。"

③ "晓花"句:意谓早晨的花朵含着露珠就像与扮着啼妆的女子在比美。擎,托,举。啼妆,古代女子的一种化妆,以粉拭目下,好像啼痕,故称。

④ 洗风光:洗涤着大自然。

⑤ 天衢:这里指都城的大街。远:长。

⑥ 笙簧:竹制乐器。

## 辑评

杨慎云:藻丽有富贵气。(见《花间集评注》)

沈际飞云:凝为石晋宰相,词载《花间》者多。《花间》以小语致巧,全首观之,或伤促碎,此政不免。(《草堂诗余正集》)

李廷机云:此词颇尽宫中幽怨之意,且妒啼妆,天衢远上见之。(《新刻注释草堂诗余评林》)

俞陛云云:和凝当石晋全盛之时,身居相位,此作乃承平《雅》、《颂》声也。(《五代词选释》)

# 临江仙

披袍窣地红宫锦①,莺语时啭轻音。碧罗冠子稳犀簪②,凤凰双飐步摇金③。 肌骨细匀红玉软④,脸波微送春心。娇羞不肯入鸳衾,兰膏光里两情深⑤。

## 注释

① 窣(sū 苏):低拂,下垂。红宫锦:指披袍面料的华贵。

② 冠子:女子之冠。《中华古今注》云:"冠子者,秦始皇之制也。令三妃九嫔,当暑戴芙蓉冠子,以碧罗为之。"犀簪:用犀角制成的簪。

③ "凤凰"句:意谓凤凰钗、金步摇随步颤动。阽(zhǎn 展),风吹物使颤动。步摇,一种首饰,用金银丝弯转屈曲制成花枝形状,上缀珠玉,插在发髻上,行走时摇动,故称"步摇"。

④ 红玉软:形容肤色之柔美红润。

⑤ 兰膏光:灯光。

## 辑评

汤显祖云:精工宕丽,足分温、韦半席。(汤显祖评本《花间集》)

茅暎云:娇怯可思。(《词的》)

况周颐云:余喜其《临江仙》云:"娇羞不肯入鸳衾,兰膏光里两情深。"尤能状难状之情景。(《历代词人考略》)

李冰若云:上半阕极写服饰之盛丽,温词所有者也。下半阕则飞卿所不逮矣。(《栩庄漫记》)

# 山花子

银字笙寒调正长①,水纹簟冷画屏凉②。玉腕重因金扼臂③，淡梳妆。　　几度试香纤手暖，一回尝酒绛唇光④。伴弄红丝蝇拂子，打檀郎⑤。

## 注释

① 银字：乐器名，管笛之属。古人用银作字，在笙管上标明音阶的高低。

② 水纹簟：水纹席。

③ "玉腕"句：意谓吹笙的女子臂带金镯而使手腕显得沉重。

④ 绛：深红色。

⑤ "伴弄"二句：描写女子闺中撒娇的情状。蝇拂子，扑打蝇蚊的用具。檀郎，晋潘安小字檀奴，姿态秀美，后遂以檀郎代称美男子。

## 辑评

茅暎云："寒"、"冷"、"凉"三字叠用。（《词的》）

贺裳云：词家须使读者如身履其地，亲见其人，方为蓬山顶上。如和鲁公"几度试香纤手暖，一回尝酒绛唇光"……真觉俨然如在目前，疑于化工之笔。（《皱水轩词筌》）

江尚质云：《花间》词状物描情，每多意态，直如身履其地，眼见其人。和凝之"几度试香纤手暖，一回尝酒绛唇光"，孙光宪之"翠袖半将遮粉腻，宝钗长欲坠香肩"是也。（见沈雄《古今词话》）

李调元云：和凝《山花子》云："银字笙寒调正长。"按《唐书·礼乐志》："备四本属清乐，形类雅音，有'银字'之名。中管之格，音皆前代应律之器也。"《宋史·乐志》："太平兴国中，选东西班习乐者，乐器独用银字觱栗，小笛，小笙。"白乐天诗："高调管色吹银字。"徐铉："檀的慢调银字管。"吴融诗："管纤银字密，梭密锦书匀。"故词中多用之。蒋竹山词"银字笙调，雁字筝调"，所由来也。（《雨村词话》）

# 何满子

正是破瓜年几①，含情惯得人饶②。桃李精神鹦鹉舌③，可堪虚度良宵④。却爱蓝罗裙子，羡他长束纤腰⑤。

**注释**

① 破瓜年几：指十六岁的女子。古代民俗以瓜字可以拆为二个八字，即二八一十六岁。

② 饶：怜爱。

③ 精神：这里有风韵的意思。鹦鹉舌：言语灵巧。

④ "可堪"句：意谓这样可爱的女子是不应该虚度良宵的。

⑤ "却爱"二句:以写羡慕她身穿的蓝罗裙能够长束细腰,亲近她,来表现男主人公对这位女子的爱意。

## 辑评

李冰若云:"却爱蓝罗裙子,羡他长束纤腰",为和词名句。其源盖出于张平子《定情诗》,陶公《闲情赋》尚在其后。(《栩庄漫记》)

# 薄命女

天欲晓,宫漏穿花声缭绕①。窗里星光少。冷霞寒侵帐额②,残月光沉树杪③。梦断锦帷空悄悄,强起愁眉小④。

## 注释

① 宫漏:宫中滴水计时的漏壶。

② 冷霞:《词律》卷二:"'霞'字疑是'露'字。霞不可言冷,亦不可言侵帐也。"帐额:犹帐檐,即帐门上面的装饰。

③ 树杪:树梢。

④ 愁眉小:因锁紧眉头,故眼眉显得比平时小。

## 辑评

汤显祖云:刘改之别妾赴试作《天仙子》,语俗而情真,世多传之,遇此不免小巫。(汤显祖评本《花间集》)

沈际飞云:冲寂自妍,末只一句尽却怨意。(《草堂诗余正集》)

李冰若云:明艳似飞卿,佳词也。(《栩庄漫记》)

俞陛云云:词写天曙之状。先言窗内,次言窗外,皆描写景物。至"愁眉"句始表明闺怨。小令中于末句本意者甚多,《草堂诗余》云:此词颇尽宫中幽怨之意。(《五代词选释》)

# 天仙子

洞口春红飞蔌蔌①,仙子含愁眉黛绿。阮郎何事不归来,懒烧金,慵篆玉②,流水桃花空断续。

## 注释

① 洞口:即桃花洞,指刘晨、阮肇在天台山采药遇仙女的地方。详见皇甫松《天仙子》(晴野鹭鸶飞一只)注。蔌蔌:花落貌。

② "懒烧金"二句:意谓懒于烧香。金,香炉。篆玉,原意为烧过的盘香其灰成篆文之形,这里指焚香。烧金、篆玉为互文。

俞陛云云:花雨霏红,愁眉锁绿,年年流水依然,奈阮郎不返。写闺思而托之仙子,不作喁喁尔汝语,乃词格之高。(《五代词选释》)

# 春光好

蘋叶软,杏花明①,画船轻。双浴鸳鸯出绿汀②,棹歌声。 春水无风无浪,春天半雨半晴。红粉相随南浦晚③,几含情。

**注释**

① 明:鲜艳。

② 绿汀:绿草丛生的水边平地。

③ 红粉:这里代指女子。

**辑评**

俞陛云云:前半写烟波画船,见春光之好。后言浪静风微,乍晴乍雨,确是江南风景,绝好惠崇之图画也。(《五代词选释》)

李冰若云:"春水"、"春天"二语,写出春光骀宕之状。(《栩庄漫记》)

215

# 采桑子

蝤蛴领上诃梨子[①]，绣带双垂。椒户闲时[②]，竞学樗蒲赌荔枝[③]。　　丛头鞋子红编细[④]，裙窣金丝[⑤]。无事颦眉，春思翻教阿母疑。

## 注释

① 蝤蛴(qiú qí 求其)：天牛一类的幼虫，体白而长，古人常以比女人之颈。《诗经·卫风·硕人》："颔如蝤蛴，齿如瓠犀。"诃梨子：诃梨花白子黄，果实像橄榄，古代女子常将其绣作衣领上花饰。

② 椒户：以椒末涂户，取其香。

③ 樗蒲(chū pú 初葡)：古代一种游戏，像后代的掷骰子。

④ 丛头鞋子：指女子鞋头作花丛状。红编：红色的鞋带。

⑤ 窣：行走时裙子发出的声音。

## 辑评

汤显祖云：(上下片末句)二语翻空出奇。(汤显祖评本《花间集》)

陈廷焯云：描写娇憨之态，袭用者屡矣。(《云韶集》)　又云：以婉雅之笔绘秾丽之词，耐人寻味。(《词则·闲情集》)

刘永济云：此写才动春情之少女也。一、二句，上身服饰也。

三、四句,言其闺中嬉戏之事。五、六句,下身服饰也。末二句,少女烦闷之情,已为阿母所觉也。此词体会少女生活,极其细致,而用语不多,故是能手。(《唐五代两宋词简析》)


# 柳 枝

瑟瑟罗裙金缕腰①,黛眉偎破未重描②。醉来咬损新花子③,拽住仙郎尽放娇。


## 注释

① 瑟瑟:碧色。瑟瑟本是珍宝名称,碧色,所以用瑟瑟指碧。白居易《暮江吟》诗:"一道残阳铺水中,半江瑟瑟半江红。"

② 偎破:因紧紧相倚而将所画黛眉擦损。

③ 花子:古代女子的一种面饰。《酉阳杂俎》云:"今妇人面饰用花子,起自上官氏所制。"


## 辑评

汤显祖云:"醉来"句但觉其妙,诗词中此类极多,如李白"两鬓入秋浦"等,若一一索解,几同说梦。(汤显祖评本《花间集》)

# 渔 父

白芷汀寒立鹭鸶①，蘋风轻剪浪花时②。烟幂幂③，日迟迟，香引芙蓉惹钓丝④。

## 注释

① 白芷汀：长满白芷草的水边平地。

② 蘋风：微风。轻剪：轻轻吹开。

③ 烟幂(mì 密)幂：形容轻烟迷蒙。幂幂，覆盖貌。

④ 钓丝：钓鱼线。

## 辑评

徐士俊云：与"钓丝袅袅立蜻蜓"之句，皆善宠钓丝者。（见卓人月《古今词统》）

陈廷焯云：较志和作自远不逮，而遣词琢句，精秀绝伦，亦佳构也。（《云韶集》） 又云：竟体清朗。（《词则·别调集》）

俞陛云云：凡赋《渔父》词者，多作高隐之语。此词专赋本题，鹭立寒汀，蘋风剪浪，写水天风景，而扁舟簑笠翁，宛在其间。结句袅袅竿丝，摇曳于芙蓉香里，颇堪入画也。（《五代词选释》）

顾　夐　生卒年不详,前蜀王建时曾官茂州刺史,后蜀时事孟知祥,官至太尉。《花间集》录其词五十五首,仅次于温庭筠与孙光宪。词风缛密艳丽,近飞卿。况周颐云:"顾太尉词,工致丽密,时复清疏。以艳之神与骨为清,其艳乃入神入骨。"又称其词"五代艳词之上驷矣"(《餐樱庑词话》)。

# 虞美人

翠屏闲掩垂珠箔①,丝雨笼池阁。露黏红藕咽清香②,谢娘娇极不成狂,罢朝妆③。　　小金鸂鶒沉烟细④,腻枕堆云髻⑤。浅眉微敛注檀轻⑥,旧欢时有梦魂惊,悔多情。

## 注释

① 珠箔(bó 伯):珠帘。

② 红藕:即红莲。咽:含。

③ "谢娘"二句:意谓女子撒娇发嗲到了极点,几成发狂的地步,连朝妆也废弃了。不成,几成、几乎的意思。这是当年的欢乐。

④ 小金鸂鶒:鸂鶒形金属香炉。

⑤ 腻枕:光滑的枕头。

⑥ 注檀轻:轻涂红唇。

辑评

汤显祖云:情多为累,悔之晚矣。情宜有,不宜多,多情自然多悔。(汤显祖评本《花间集》)

李冰若云:露沾红藕,以藕代花,殊嫌生硬。(《栩庄漫记》)

华钟彦云:末二句前,总写旧欢,亦静亦穆,亦娇亦腻,觉来亦悔。(《花间集注》)

# 虞美人

深闺春色劳思想①,恨共春芜长②。黄鹂娇啭呢芳妍③,杏枝如画倚轻烟,琐窗前。　凭阑愁立双蛾细,柳影斜摇砌④。玉郎还是不还家,教人魂梦逐杨花,绕天涯。

## 注释

① 劳思想:即勤思念。《诗经·邶风·燕燕》:"瞻望弗及,实劳我心。"

② 春芜:春天的杂草。

③ 芳妍:指花丛。

④ 砌:台阶。

沈际飞云:味深隽,诗词转关之际。(《草堂诗余别集》)

徐士俊云:一句故意用两"还"字。(见卓人月《古今词统》)

潘游龙云:读一过,空翠摇滴。(《古今诗余醉》)

李冰若云:"恨共春芜长",佳。顾夐《虞美人》六首中,此词较为流丽。(《栩庄漫记》)

# 河　传

棹举,舟去。波光渺渺,不知何处。岸花汀草共依依,雨微,鸂鶒相逐飞。　　天涯离恨江声咽,啼猿切。此意向谁说。倚兰桡①,独无聊,魂销,小炉香欲焦②。

## 注释

① 兰桡:兰木做成的桨,这里指船。

② 欲焦:将要烧成灰烬。

## 辑评

汤显祖云:凡属《河传》题,高华秀美,良不易得。此三调,真

绝唱也。(汤显祖评本《花间集》)

徐士俊云:(末句)将无如赵献之云"愁心心字两俱焦"耶?
(见卓人月《古今词统》)

陈廷焯云:好起笔。"天涯"十字,笔力精健。(《云韶集》)
又云:起四语一步紧一步,冲口而出,绝不费力。(《词则·别
调集》)

况周颐云:顾太尉《河传》云:"棹举,舟去。波光渺渺,不知
何处。岸花汀草共依依,雨微,鹧鸪相逐飞。"孙光宪之"两桨不
知消息,远汀时起鸂鶒"确足櫽括顾词。两家并饶简劲之趣。顾
尤毫不着力,自然清远。(《餐樱庑词话》)

俞陛云云:此调之用笔,如短兵再接,音节如促柱么弦,须在
急拍中以词心一缕萦之。两调(指"燕飏"、"棹举"两词)之收笔
三句,皆情景双得。(《五代词选释》)

李冰若云:顾夐《河传》三首,末阕上半首,不愧"简劲"二字,
若士概誉之为"绝唱",何也?(《栩庄漫记》)

# 甘州子

一炉龙麝锦帷傍①,屏掩映,烛荧煌②。禁楼
刁斗喜初长③,罗荐绣鸳鸯④。山枕上⑤,私语口

脂香。

## 注释

① 龙麝:龙涎与麝香,都是极名贵的香料。

② 荧煌:半明半暗的样子。

③ 禁楼:宫楼。刀斗:有两种说法,一说古行军用具,昼炊饮食,夜击持行。一说小铃,如宫中传夜铃。这里指后者。喜初长:这是说这对欢会的情人正喜时间还长。

④ 罗荐:丝罗褥垫。

⑤ 山枕:两头突起而中凹陷的枕头。

## 辑评

汤显祖云:"刁斗"句,无聊之思。(汤显祖评本《花间集》)

李冰若云:读辽后《十香词》,则知顾敻《甘州子》之疏淡也。(《栩庄漫记》)

# 甘州子

曾如刘阮访仙踪,深洞客,此时逢①。绮筵散后绣衾同②,款曲见韶容③。山枕上,长是怯晨钟。

## 注释

① "曾如"三句:以追忆过去之欢聚作为开端,是为反衬今日相逢之不易。刘阮访仙踪,用刘晨、阮肇采药遇仙女事。详见皇甫松《天仙子》(晴野鹭鹚飞一只)注。

② 绣衾同:即同绣衾。

③ 款曲:殷勤,缠绵。

## 辑评

李冰若云:"长是怯晨钟",春宵苦短之意,鸡鸣戒旦之义,则已微矣。(《栩庄漫记》)

# 甘州子

红炉深夜醉调笙①,敲拍处,玉纤轻②。小屏古画岸低平,烟月满闲庭。山枕上,灯背脸波横③。

## 注释

① 红炉:火旺的香炉。

② 玉纤轻:指如玉的纤指轻轻拍按节奏。

③ "山枕上"二句:言这位歌女入睡时娇媚无限。脸波,指眼波。

汤显祖云：首章与此结皆隽句也。小语致巧，此其一斑。（汤显祖评本《花间集》）

李冰若云：顾夐才力不富，其词尝有气不能举笔之处，故虽繁缛而不耐回味，其清淡处亦复不能深秀。《甘州子》第五首云："小屏古画岸低平。"纯是才俭凑韵之句。（《栩庄漫记》）

# 玉楼春

月照玉楼春漏促，飒飒风摇庭砌竹。梦惊鸳被觉来时，何处管弦声断续。　　惆怅少年游冶去①，枕上两蛾攒细绿②。晓莺帘外语花枝，背帐犹残红蜡烛。

**注释**

① 游冶：指寻欢作乐。
② "枕上"句：意谓女子枕上难眠，细眉紧攒。

**辑评**

徐士俊云：《玉楼春》得名，以首句故。（见卓人月《古今词统》）
许昂霄云："残"字作"余"字解，唐诗类然。（《词综偶评》）

陈廷焯云:此犹是词,若飞卿《木兰花》直是绝妙古乐府矣。《词则·闲情集》

俞陛云云:其佳处在结句:已莺啼破晓,而残烛犹明,锦衾待旦,其独眠人起可知。(《五代词选释》)

# 玉楼春

拂水双飞来去燕,曲槛小屏山六扇①。春愁凝思结眉心。绿绮懒调红锦荐②。　　话别情多声欲颤,玉箸痕留红粉面③。镇长独立到黄昏④,却怕良宵频梦见。

**注释**

① "曲槛"句:意谓绘有山水的小屏风有六扇。

② 绿绮:琴名。李白《听蜀僧濬弹琴》诗:"蜀僧抱绿绮,西下峨眉峰。"红锦荐:红锦的垫席。

③ 玉箸:指眼泪。

④ 镇长:久长。

**辑评**

徐士俊云:"为郎憔悴却羞郎",真见且不愿,况"梦见"乎?

玉楼春（拂水双飞来去燕）

（见卓人月《古今词统》）

李冰若云：别愁无俚，赖梦见以慰相思，而反云"却怕良宵频梦见"，是更进一层写法。（《栩庄漫记》）

# 浣溪沙

春色迷人恨正赊[①]，可堪荡子不还家[②]，细风轻露着梨花。　　帘外有情双燕飏[③]，槛前无力绿杨斜，小屏狂梦极天涯[④]。

**注释**

① 恨正赊(shē 奢)：即恨正长。

② 可堪：那堪，怎能忍受。

③ 飏(yáng 扬)：轻轻地飞扬。

④ "小屏"句：因为丈夫远游不归，所以这位女子只能无奈地在闺中空做痴情的梦。狂梦，痴情的梦。

**辑评**

王国维云：夐词在牛给事、毛司徒间。《浣溪沙》"春色迷人"一阕，亦见《阳春集》。与《河传》、《诉衷情》数阕，当为夐最佳之

228

作矣。(《人间词话附录》)

李冰若云:"细风轻露着梨花",巧致可咏。结句振起全阕。
(《栩庄漫记》)

# 浣溪沙

红藕香寒翠渚平①,月笼虚阁夜蛩清②,塞鸿惊梦两牵情③。    宝帐玉炉残麝冷④,罗衣金缕暗尘生,小窗孤烛泪纵横。

**注释**

① 红藕:红莲花。翠渚:长满青草的小洲。

② 夜蛩(qióng 穷)清:秋夜的蟋蟀发出凄清的鸣叫声。蛩,
蟋蟀。

③ 两牵情:既写自己在闺中怀远,亦写情人在远处念己。

④ 残麝冷:麝香的余烬已经冷却。

**辑评**

汤显祖云:旧前作"天际鸣,枕上梦,两牵情",后作"小窗深,
孤烛背,泪纵横"。语亦简至。(汤显祖评本《花间集》)

陈廷焯云:婉雅芊丽,不背于古。(《词则·闲情集》)

# 浣溪沙

荷芰风轻帘幕香①,绣衣鸂鶒泳回塘②,小屏闲掩旧潇湘③。　　恨入空帷鸾影独,泪凝双脸渚莲光④,薄情年少悔思量⑤。

**注释**

① 荷芰(jì技):指荷花与菱叶。《楚辞·离骚》:"制芰荷以为衣兮,集芙蓉以为裳。"

② 绣衣鸂鶒:羽毛如绣花衣裳的鸂鶒鸟。

③ 旧潇湘:指屏风上所绘的潇湘山水风景。

④ "泪凝"句:意谓泪水凝于脸颊如同荷叶上水珠发光。

⑤ 悔思量:思量起来令人深感后悔。

**辑评**

徐士俊云:"悔偷灵药"、"悔教夫婿",不如此"悔"深。(见卓人月《古今词统》)

# 浣溪沙

庭菊飘黄玉露浓①，冷莎偎砌隐鸣蛩②，何期良夜得相逢。　　背帐风摇红蜡滴，惹香暖梦绣衾重，觉来枕上怯晨钟。

**注释**

① 玉露：白露。

② 莎（suō梭）：莎草，多年生草本植物。蛩（qióng穷）：蟋蟀。

**辑评**

李冰若云：写梦境极婉转。（《栩庄漫记》）

# 浣溪沙

雁响遥天玉漏清①，小纱窗外月胧明，翠帷金鸭炷香平②。　　何处不归音信断，良宵空使梦魂惊，簟凉枕冷不胜情③。

## 注释

① 遥天:远天。玉漏清:滴漏声听来很清晰。

② 金鸭:指鸭形香炉。

③ "簟凉"句:从梦魂中惊醒后为凄凉之情所笼罩而感到席凉枕冷,难以承受感情的痛苦。

## 辑评

李冰若云:"炷香平",其幽静可想。(《栩庄漫记》)

# 浣溪沙

露白蟾明又到秋①,佳期幽会两悠悠,梦牵情役几时休。　　记得泥人微敛黛②,无言斜倚小书楼,暗思前事不胜愁。

## 注释

① 蟾明:月明。传说月中有蟾蜍,故以蟾代月。

② 泥人:缠磨人。

## 辑评

汤显祖云:此公遣调,动必数章,虽中间铺叙成文,不如人之

字雕句琢,而了无穷措大酸气,即使瑜瑕不掩,自是大家。(汤显祖评本《花间集》)

# 杨柳枝

　　秋夜香闺思寂寥,漏迢迢[1]。鸳帏罗幌麝烟销,烛光摇。　　正忆玉郎游荡去[2],无寻处。更闻帘外雨萧萧,滴芭蕉。

### 注释

[1] 漏迢迢:漏声漫长。
[2] 游荡去:在外寻欢逐乐。

### 辑评

　　陈廷焯云:凄凉情况,即香山"暮雨潇潇郎不归"意也。(《云韶集》)

# 诉衷情

　　永夜抛人何处去[1],绝来音。香阁掩,眉敛,月将沉。　　争忍不相寻<sup>②</sup>，怨孤衾<sup>③</sup>。换我心，为你心，始知相忆深。

## 注释

① 永夜：长夜。

② 争忍：怎忍。

③ 孤衾：喻独眠。

## 辑评

汤显祖云：要到换心田地，换与他也未必好。（汤显祖评本《花间集》）

茅暎云：到底是单相思。（《词的》）

王士禛云：顾太尉"换我心，为你心，始知相忆深"，自是透骨情语。徐山民"妾心移得在君心，方知人恨深"，全袭此。然已为柳七一派滥觞。（《花草蒙拾》）

陈廷焯云：元人小曲，往往脱胎于此。（《云韶集》）　又云：末三语嫌近曲。（《词则·闲情集》）

王闿运云：亦是对面写照，有嘲有怨，放刁放娇。诗所谓"无庶予子憎"，正是一种意。（《湘绮楼词选》）

王国维云：词家多以景寓情。其专主作情词而绝妙者，如牛峤之"苦作一身拼，尽君今日欢"，顾敻之"换我心，为你心，始知相忆深"。（《人间词话删稿》）

刘永济云:此亦闺人怨情之词。"换我心"三句,乃人人意中语,却能说出,所以可贵。(《唐五代两宋词简析》)

俞平伯云:本篇白描,作情极的说法,仍有含蓄。如"争忍不相寻",相寻又怎么样呢? 口气未完,却咽住了,得断续之妙。(《唐宋词选释》)

# 荷叶杯

一去又乖期信①,春尽,满院长莓苔。手捻裙带独徘徊②,来么来③,来么来?

## 注释

① 乖期信:违背约定的日期。

② 捻:揉搓。

③ 来么来:即来不来? 设问句。

## 辑评

汤显祖云:"手捻裙带",尽得娇痴。(汤显祖评本《花间集》)

俞陛云云:手捻裙带,见企怀之深。(《五代词选释》)

李冰若云:顾夐以艳词擅长,有浓有淡,均极形容之妙。其

淋漓真率处,前无古人。如《荷叶杯》九首,已为后代曲中《一半儿》张本。(《栩庄漫记》)

唐圭璋云:此首怀人。语极质朴,情极深刻。起叙人去之久,音讯之疏。"春尽"两句,画出久荒之庭院。"手捻"句,写足娇痴无聊之情态。末两句,重叠问之,含思凄悲,想见泪随声落之概。(《唐宋词简释》)

# 渔歌子

晓风清,幽沼绿①,倚栏凝望珍禽浴。画帘垂,翠屏曲,满袖荷香馥郁②。　　好摅怀③,堪寓目④,身闲心静平生足。酒杯深,光影促⑤,名利无心较逐⑥。

## 注释

① 幽沼绿:深水池塘碧绿。

② 馥郁:指香气浓烈。

③ 好摅(shū 书)怀:便于抒发感情。摅,抒发,舒展。

④ 寓目:观看,过目。

⑤ 光影促:指人生岁月短促。

⑥ 较逐：即角逐，争相取胜。

## 辑评

李冰若云：身闲心静，自不较逐名利矣。词有汲汲顾景之感。（《栩庄漫记》）

华钟彦云：就题发挥，与张志和《渔歌子》语调近似。（《花间集注》）

# 临江仙

碧染长空池似镜，倚楼闲望凝情。满衣红藕细香清。象床珍簟①，山障掩②，玉琴横。　　暗想昔时欢笑事，如今赢得愁生。博山炉暖淡烟轻③。蝉吟人静，残日傍，小窗明。

## 注释

① 象床珍簟：指华贵的床和垫席。

② 山障：指绘有山景的屏风。

③ 博山炉：一种香炉。

王士禛云:词中佳语,多从诗出。如顾太尉"蝉吟人静,残日傍,小窗明",毛司徒"夕阳低映小窗明",皆本黄奴"夕阳如有意,偏傍小窗明"。(《花草蒙拾》)

俞陛云云:"蝉吟"三句写悄无人处,但有蝉声,斜日在窗,愁人独倚,其风怀掩抑可知矣。(《五代词选释》)

李冰若云:下阕与"今日鬓丝蝉榻畔,茶烟轻飏落花风"一般惆怅。(《栩庄漫记》)

# 临江仙

幽闺小槛春光晚,柳浓花淡莺稀。旧欢思想尚依依①。翠蟓红敛,终日损芳菲②。　　何事狂夫音信断③,不如梁燕犹归。画堂深处麝烟微。屏虚枕冷,风细雨霏霏。

**注释**

① 思想:犹思念。

② "翠蟓"二句:意谓因思念而眉头紧皱,红颜消失,终日折损自己的青春年华。

③ 狂夫:古代女子称呼自己的丈夫,语含怨意。

## 辑评

汤显祖云:颂酒赓色,务裁艳语,毋取乎儒冠而胡服也。(汤显祖评本《花间集》)

李冰若云:设色倩丽,意亦微婉。(《栩庄漫记》)

# 醉公子

漠漠秋云淡,红藕香侵槛。枕倚小山屏,金铺向晚扃①。　　睡起横波慢②,独望情何限。衰柳数声蝉,魂销似去年③。

## 注释

① 金铺:衔门环的装饰物,这里指门。向晚扃(jiōng):近晚而闭门。扃,门闩。
② 横波:眼神,眼光。慢:迟缓,这里指眼光无神。
③ 魂销:即销魂,形容悲伤愁苦的情状。

## 辑评

汤显祖云:《醉公子》即公子醉也。其词意四换,又称《四换

头》，尔后变风，渐与题远。（汤显祖评本《花间集》）

徐士俊云：《还魂曲》"恁今春关情似去年"用此曲，"最撩人春色是今年"则又翻此。（见卓人月《古今词统》）

陈廷焯云：字字呜咽。（《云韶集》）

李冰若云："衰柳"二句，语淡而味永，韵远而神伤。（《栩庄漫记》）


# 醉公子

岸柳垂金线<sup>①</sup>，雨晴莺百啭。家住绿杨边，往来多少年。　　马嘶芳草远，高楼帘半卷。敛袖翠蛾攒<sup>②</sup>，相逢尔许难<sup>③</sup>。


**注释**

① 金线：指刚刚泛出金黄的柳条。

② 翠蛾攒：指眉头紧皱着。

③ "相逢"句：相逢之难正以见出期盼征人回来的心切。尔许难，如许难。


**辑评**

许昂霄云：觉少游"小楼连苑横空"，无此神韵也。（《词综

偶评》）

陈廷焯云：较后主"奴为出来难，教君恣意怜"稍逊一着，而清致亦复不泛。（《云韶集》）　又云：丽而有则。（《词则·闲情集》）

郑文焯云：极古拙，极高淡，非五代不能有此词境。（见《花间集评注》）

**孙光宪** (900—968),字孟文,自号葆光子,陵州贵平(今四川仁寿)人。家世业农,从小好学。唐时为陵州判官,天成初(约926)避地荆南,事南平三代君王,官至荆南节度副史。后劝南平王献三州之地归宋,宋太祖嘉其功,授黄州刺史。光宪词既有温庭筠的绮靡浓艳,亦有韦庄的清秀疏淡,更可贵的是他的词常常能够显露自己独特的韵致,即陈廷焯所说"气骨甚遒,措语亦多警炼"(《白雨斋词话》)。

# 浣溪沙

　　蓼岸风多橘柚香①,江边一望楚天长②,片帆烟际闪孤光③。　　　目送征鸿飞杳杳,思随流水去茫茫,兰红波碧忆潇湘④。

## 注释

① 蓼岸:开满蓼花的江岸。蓼,红蓼,秋日开花,多生水边。橘柚:橘和柚两种果树。

② 楚天:泛指我国南方一带的天空。

③ 片帆:指孤舟。

④ "兰红"句:意谓待到兰红碧波的春天,游子一定会忆起潇湘美景来的。这是送行者在江边的拟想之词。兰红,植物名,即红兰,春日开红花而香。潇湘,潇水与湘水,在今湖南境

浣溪沙（蓼岸风多橘柚香）

内,风景甚美。

## 辑评

汤显祖云:王弇州称"归来休放烛花红"、"问君还有几多愁"直是词手,假如此等调,亦仅隔一黍耳。(汤显祖评本《花间集》)

孙洙云:小词有绝无含蓄自尔入妙者,孙葆光之《浣溪沙》也。(见王奕清《历代词话》)

陈廷焯云:"片帆"七字,压遍古今词人。又云:"闪孤光"三字警绝,无一字不秀炼,绝唱也。(《云韶集》)

王国维云:昔黄玉林赏其"一庭疏雨湿春愁"为古今佳句,余以为不若"片帆烟际闪孤光",尤有境界也。(《人间词话附录》)

俞陛云云:昔在湘江泛舟,澄波一碧,映似遥山,时见点点白帆,明灭于夕阳烟霭间,风景绝胜。词中"帆闪孤光"句足以状之。"兰红波碧"殊令人回忆潇湘也。(《五代词选释》)

李冰若云:"片帆"句妙矣。"兰红波碧"四字,惟潇湘足以当之,他处移用不得,可谓善于设色。(《栩庄漫记》)

# 浣溪沙

花渐凋疏不耐风,画帘垂地晚堂空,堕阶萦藓舞

愁红①。　　腻粉半沾金靥子②，残香犹暖绣薰笼，
蕙心无处与人同③。

## 注释

① "堕阶"句:意谓片片落花,含愁飘舞,堕于阶前苔藓之上。愁
红,即落花。

② "腻粉"句:意谓脸上的金色靥饰沾上了脂粉。这是说女子已
是残妆。靥子,女子脸上的一种面饰,又称"翠靥"、"花靥"、
"金靥"等。

③ 蕙心:比喻女子内心纯美。鲍照《芜城赋》:"东都妙姬,南国
丽人,蕙心纨质,玉貌绛唇。"

## 辑评

俞陛云云:"愁红"句,字字锤炼。"蕙心"句,甘孤秀之自馨,
溯流风而独写,其寄慨深矣。(《五代词选释》)

李冰若云:"蕙心无处与人同",非深于情者不能道。(《栩庄
漫记》)

华钟彦云:此时闺人之蕙心,"别是一般滋味在心头"。(《花
间集注》)

# 浣溪沙

揽镜无言泪欲流，凝情半日懒梳头，一庭疏雨湿春愁。　　杨柳只知伤怨别，杏花应信损娇羞①，泪沾魂断轸离忧②。

## 注释

① "杏花"句：意谓娇羞的杏花很容易凋损。这实际上是闺中人以杏花自比。

② 轸(zhěn 诊)：悲痛。离忧：遭遇到忧伤。

## 辑评

杨慎云："一庭疏雨湿春愁"，秀句也。(《词品》)

汤显祖云："不耐风"、"湿春愁"，皆集中创语之秀句也。(汤显祖评本《花间集》)

曹学佺云："一庭疏雨湿春愁"，秀句也。李后主之"细雨湿流光"本此。(《蜀中广记》)

李冰若云："一庭疏雨湿春愁"诸句，含思绵渺，使人读之，徒唤奈何。(《栩庄漫记》)

# 浣溪沙

半踏长裾宛约行①，晚帘疏处见分明，此时堪恨昧平生②。　　早是销魂残烛影，更愁闻着品弦声③，杳无消息若为情④。

## 注释

① 半踏:半步,小步。据词意,因女子身着长裾,故只能小步而行。裾,衣服的前襟。
② 昧平生:素昧平生,即不相识。
③ 品弦声:调奏弦乐的声音。
④ 若为情:怎为情,即难以为情。

## 辑评

徐士俊云:(张泌)"早是出门"一联与葆光"早是销魂"一联,皆似香山律句。(见卓人月《古今词统》)

李冰若云:相少情多,缠绵乃尔。(《栩庄漫记》)


# 浣溪沙

兰沐初休曲槛前①，暖风迟日洗头天②，湿云新

247

敛未梳蝉③。　　翠袂半将遮粉臆④，宝钗长欲坠香肩，此时模样不禁怜⑤。

## 注释

① 兰沐:用兰香融水洗沐。

② 迟日:指春日。

③ "湿云"句:意谓洗过的湿漉漉的头发刚刚挽起来,还没有梳成蝉鬓发型。

④ 粉臆:粉白的胸部。

⑤ 不禁怜:令人禁不住生出怜爱之情。

## 辑评

沈际飞云:清商曲:"宿昔不梳头,丝发被两肩,婉伸郎膝下,何处不可怜。"竟不必读,"不禁怜"妙。(《草堂诗余别集》)

徐士俊云:"此时模样不禁怜"句,本于《子夜歌》"何处不可怜"。(见卓人月《古今词统》)

贺裳云:词家须使读者如身履其地,亲见其人,方为蓬山顶上。如孙光宪"翠袂半将遮粉臆,宝钗长欲坠香肩",直觉俨然如在目前,疑于化工之笔。(《皱水轩词筌》)

陈廷焯云:情态可想,风流窈窕,我见犹怜。　　又云:"不禁怜"三字,真乃娇绝。飞燕玉环,无此情态,真欲与丽娟并驱矣。(《云韶集》)

248

李冰若云:翠袂半遮,宝钗欲堕,形容兰沐初休之娇态。词笔细腻,想亦忍俊不禁矣。(《栩庄漫记》)

# 浣溪沙

风递残香出绣帘,团窠金凤舞襜襜①,落花微雨恨相兼。　　何处去来狂太甚,空推宿酒睡无厌②,争教人不别猜嫌。

## 注释

① 团窠金凤:帘上所绣的团花金凤图案。襜襜:摇动貌。
② 宿酒:即隔夜酒。睡无厌:睡不足,贪睡不止。

## 辑评

汤显祖云:乐府遗音,词坛丽藻。"好书不厌百回读",如此数词,亦应尔尔。(汤显祖评本《花间集》)

沈际飞云:真情在猜嫌上。(《草堂诗余别集》)

徐士俊云:末句妙在全不使性。(见卓人月《古今词统》)

刘永济云:上半阕写风雨中景,景中衬出恨情,故曰"相兼"。下半阕写人虽回家,却推酒醉,沉睡不醒,似此情况,安得不令人

生疑。盖写妒情也。(《唐五代两宋词简析》)


# 浣溪沙

　　轻打银筝坠燕泥①，断丝高胃画楼西②，花冠闲上午墙啼③。　　粉箨半开新竹径④，红苞尽落旧桃蹊⑤，不堪终日闭深闺。


## 注释

① 打:弹奏。银筝:乐器。

② 断丝:指游丝、蛛丝一类。胃(juān 娟):牵挂。

③ 花冠:指公鸡。午墙:中墙。

④ 粉箨(tuò 拓):竹笋壳。

⑤ 红苞:这里指红花。


## 辑评

　　沈际飞云:(末句)一句情却装裹得正。(《草堂诗余别集》)

　　俞陛云云:五句虽皆写景,而字句妍炼,兼含凄寂。至结句言终日闭闺,则所见景物,徒为愁人供资料耳。(《五代词选释》)

# 浣溪沙

乌帽斜欹倒佩鱼<sup>①</sup>，静街偷步访仙居<sup>②</sup>，隔墙应认打门初<sup>③</sup>。　将见客时微掩敛<sup>④</sup>，得人怜处且生疏，低头羞问壁边书。

## 注释

① 乌帽：指乌纱帽。佩鱼：唐时五品官以上的佩饰。

② 偷步：即闲步。仙居：这里指女子的居处。

③ "隔墙"句：意谓那女子一听到敲门声，就知道是谁来了。

④ 掩敛：微含羞涩之态的样子。

## 辑评

沈际飞云："且生疏"，乖人偶然看得，俗眼则失之矣。（《草堂诗余别集》）

徐士俊云："千呼万唤始出来，犹抱琵琶半遮面"，与"将见客时微掩敛，得人怜处且生疏"，可谓曲尽娇憨之态矣。（见卓人月《古今词统》）

陈廷焯云：迤逦写来，描写女儿心性，情态无不逼真。（《云韶集》）　又云：情态毕传。（《词则·闲情集》）

# 河　传

太平天子①，等闲游戏②，疏河千里。柳如丝，
偎倚绿波春水，长淮风不起③。　　如花殿脚三千
女④，争云雨⑤，何处留人住？锦帆风，烟际红，烧
空⑥，魂迷大业中⑦。

## 注释

① 太平天子：指隋炀帝。

② 等闲：寻常，随便。

③ 长淮：即淮河。

④ 殿脚三千女：指为隋炀帝牵挽彩舟的众多美女。详见韦庄
　《河传》(何处)注。

⑤ 争云雨：争得帝王宠爱。

⑥ 烧空：语含双关，既是说隋炀帝下江南时彩舟染红天际，又暗
　寓当年的繁华已无影无踪。

⑦ 大业：隋炀帝年号。

## 辑评

汤显祖云：索性咏古，感慨之下，自有无限烟波。（汤显祖评
本《花间集》）

李冰若云：词写炀帝开河南游事，妙在"烧空"二字一转，使

上文花团锦簇，顿形消灭。此法盖出自太白"越王勾践破吴归"一诗。(《栩庄漫记》)

# 菩萨蛮

月华如水笼香砌①，金环碎撼门初闭②。寒影堕高檐，钩垂一面帘。　　碧烟轻袅袅，红战灯花笑③。即此是高唐④，掩屏秋梦长。

## 注释

① 月华：月光。

② 金环：门环。碎撼：指闭门时门环因惯性而零碎地敲打着门。

③ "红战"句：古人将灯芯的余烬爆出花形视作喜兆。因为与情郎相聚是喜事，所以才这么说。红战，灯花颤动。

④ "即此"句：意谓今晚就是高唐云雨的时候。高唐：用楚王游高唐梦见巫山神女事。详见韦庄《归国遥》(春欲晚)注。

## 辑评

徐士俊云：烛啼有泪，灯笑生花。(见卓人月《古今词统》)

李调元云：孙光宪《菩萨蛮》词"碧烟轻袅袅，红战灯花笑"，

"战"字新。（《雨村词话》）

吴梅云："碧烟轻袅袅，红战灯花笑"，盖讽弋取名利、憧憧往来者也。（《词学通论》）

俞陛云云：纪相逢，丽不伤雅，仅以淡笔写之。（《五代词选释》）

# 菩萨蛮

花冠频鼓墙头翼①，东方淡白连窗色。门外早莺声，背楼残月明。　　薄寒笼醉态，依旧铅华在②。握手送人归，半拖金缕衣。

## 注释

① 花冠：指雄鸡。
② 铅华：化妆的脂粉。这里指残妆。

## 辑评

俞陛云云：言相别，破晓分襟，莺声残月，晓景宛然。"握手"二句，见推枕而起，揽衣未整，已唱骊歌，握手匆匆，离情无限，与《片玉词》之"露寒人远"，情景相类。（《五代词选释》）

李冰若云：情事历历如绘。（《栩庄漫记》）

# 菩萨蛮

小庭花落无人扫，疏香满地东风老。春晚信沉沉[①]，天涯何处寻。　　晓堂屏六扇[②]，眉共湘山远[③]。争奈别离心，近来尤不禁[④]。

## 注释

① 信沉沉：指音信全无。

② 屏六扇：六扇屏风。

③ "眉共"句：意谓眉色如画屏上的湘山。

④ 尤不禁：尤其难以忍受。

## 辑评

沈际飞云：气幽情快。（《草堂诗余别集》）

汤显祖云："老"字、"抬"字（见下首）、"晓"字俱下得妙。词本佳，而得此三字更觉生色。（汤显祖评本《花间集》）

# 菩萨蛮

　　青岩碧洞经朝雨，隔花相唤南溪去。一只木兰船，波平远浸天①。　　扣舷惊翡翠②，嫩玉抬香臂。红日欲沉西，烟中遥解觿③。

## 注释

① 远浸天：水天相接。

② 扣舷：敲击船舷为棹歌打节拍。翡翠：指翡翠鸟。

③ "烟中"句：言这对情人在烟水迷茫的船上解佩相赠，以示相爱。觿(xī希)：古代解结的用具，用象骨制成，形如锥，也用为佩饰。

## 辑评

　　徐士俊云：孙有句云"片帆烟际闪孤光"，足括此八句。（见卓人月《古今词统》）

　　况周颐云：孙孟文词，《全唐诗》附八十首，甄录最多，并皆秾至绵丽，语不涉俗。断句如"一只木兰船，波平远浸天"，又"极浦几回头，烟波无限愁"，又"暗淡小庭中，滴滴梧桐雨"。遥情深致，便似北宋人佳句。（《历代词人考略》）

# 菩萨蛮

木绵花映丛祠小①，越禽声里春光晓②。铜鼓与蛮歌③，南人祈赛多④。　　客帆风正急，茜袖侵樯立⑤。极浦几回头，烟波无限愁。

## 注释

① 木绵花：即木棉花，初春时开花，大而红。丛祠：乡野间的神庙。

② 越禽：泛指南方的禽鸟。

③ 铜鼓：南方少数民族所用的乐器。蛮歌：南方一带的民歌。

④ 祈赛：谢神佑护的祭祀活动。赛，祭祀以酬报神福。

⑤ 茜袖：红茜草所染的衣袖。这里代指女子。

## 辑评

俞陛云云：铜鼓声中，木棉花下，正蛮江春好之时。忽翠袖并船，惊鸿一瞥，方待回头，顷刻隔几重烟浦，其惆怅何如。"正是客心孤迥处，谁家红袖倚江楼"，文人之遐想，有此相似者。（《五代词选释》）

李冰若云：南国风光，跃然纸上。（《栩庄漫记》）

# 河渎神

汾水碧依依①，黄云落叶初飞。翠华一去不言归②，庙门空掩斜晖。　　四壁阴森排古画，依旧琼轮羽驾。小殿沉沉清夜，银灯飘落香灺③。

## 注释

① 汾水：即汾河，今山西境内，流入黄河。

② 翠华：皇帝仪仗中用翠鸟羽毛装饰的旗帜。这里指庙中神灵。

③ 灺(xiè 谢)：灯烛灰。

## 辑评

汤显祖云：原题本旨，直书祠庙中事，自无借拨空影习气。（汤显祖评本《花间集》）

陈廷焯云："袅袅兮秋风，洞庭波兮木叶下"，起笔仿佛似之。（《词则·别调集》）

# 河渎神

江上草芊芊①，春晚湘妃庙前。一方柳色楚南天，数行征雁联翩。　　独倚朱栏情不极<sup>②</sup>，魂断终朝相忆。两桨不知消息<sup>③</sup>，远汀时起鸂鶒。

## 注释

① 芊芊：草茂盛貌。

② 不极：无限。

③ 两桨：代指船。

## 辑评

徐士俊云：杜诗："山鬼迷春竹，湘娥倚暮花。"二阕似从此中变化。（见卓人月《古今词统》）

贺裳云：伤离念远之词，无如查荎"斜阳影里，寒烟明处，双桨去悠悠"，令人不能为怀。然尚不如孙光宪"两桨不知消息，远汀时起鸂鶒"，尤为黯然。洪叔玙"醉中扶上木兰舟，醒来忘却桃源路"，造语尤工，却微著色矣。两君专以澹语入情。（《皱水轩词筌》）

王阮亭曰：有词翻来极浅，反为入情者，孙葆光云："双桨不知消息，远汀时起鸂鶒。"无如查荎云："斜阳影里，寒烟明处，双桨去悠悠。"翻令人不能为怀。（见沈雄《古今词话·词品》）

# 后庭花

石城依旧空江国①，故宫春色。七尺青丝芳草碧②，绝世难得。　　玉英凋落尽③，更何人识，野棠如织。只是教人添怨忆，怅望无极。

## 注释

① 石城：即石头城，对称金陵，今江苏南京，系六国古都。

② "七尺"句：意谓七尺长发如春草碧色。据史载，南朝陈后主的贵妃张丽华发长七尺，色黑如漆，其光可鉴。此句的"七尺青丝"就是说她。

③ 玉英：这里既是指花，又是指张丽华的美色。

## 辑评

李调元云：词用"织"字最妙，始于太白词"平林漠漠烟如织"。孙光宪亦有句云"野棠如织"，晏殊亦有"心似织"句，此后遂千变万化矣。（《雨村词话》）

陈廷焯云：起笔挺，触景生情，有不期然而然者。"只是教人"四字，真乃达得出来。（《云韶集》）　又云：胸有所郁，触处伤怀，妙在不说破，说破则浅矣。（《词则·大雅集》）

李冰若云：孙孟文词疏朗婉丽，近于韦相。其《后庭花》二首吊张丽华，词意蕴藉凄怨，读之使人意消。（《栩庄漫记》）

# 生查子

寂寞掩朱门，正是天将暮。暗淡小庭中，滴滴梧桐雨。　　绣工夫①，牵心绪，配尽鸳鸯缕②。待得没人时，偎倚论私语③。

## 注释

① 绣工夫:指刺绣。

② 鸳鸯缕:绣鸳鸯的彩线。

③ 私语:窃窃私语。

## 辑评

李冰若云:上半阕极写寂静,下半阕写幽怨。怨而不怒,足耐回味。(《栩庄漫记》)


# 酒泉子

空碛无边①，万里阳关道路②。马萧萧，人去去。陇云愁③。　　香貂旧制戎衣窄④，胡霜千里白。绮罗心⑤，魂梦隔。上高楼。

## 注释

① 空碛：空阔的沙漠。

② 阳关：古代通往西域的交通要道，故址在今甘肃敦煌西南。

③ 陇云：陇地之云。陇，今甘肃陇县一带。

④ 香貂：貂皮衣服，这里指战袍。

⑤ 绮罗心：女子思夫之心。

## 辑评

汤显祖云：三叠文之《出塞曲》，而长短句之《吊古战场文》也，再读不禁酸鼻。（汤显祖评本《花间集》）

# 清平乐

愁肠欲断，正是青春半。连理分枝鸾失伴，又是一场离散。　　掩镜无语眉低，思随芳草萋萋。凭仗东风吹梦，与郎终日东西。

## 辑评

徐士俊云：子野云："枕上梦魂飞不去。"此孙君所以仗东风也。（见卓人月《古今词统》）

262

陈廷焯云:柔情蜜意,思路凄绝。(《云韶集》)   又云:痴情幻想,说得温厚,便有风骚遗意。(《词则·闲情集》)

吴梅云:"掩镜无语眉低,思随芳草萋萋",是自抱灵修楚累遗意也。(《词学通论》)

李冰若云:东风吹梦,与郎东西,语极缠绵沉挚。(《栩庄漫记》)


# 清平乐

等闲无语,春恨如何去?终是疏狂留不住①,花暗柳浓何处?　尽日目断魂飞,晚窗斜界残晖②。长恨朱门薄暮,绣鞍骢马空归③。


## 注释

① 疏狂:放荡不羁。

② "晚窗"句:意谓一线夕阳斜射进晚窗。

③ "绣鞍"句:意思是说人虽然回来了,但醉如烂泥,等于没回来一样。

汤显祖云:徘徊而不忘思婉,恋而不激,填词中之有风雅者。
(汤显祖评本《花间集》)

李冰若云:"终是疏狂留不住",无限伤怨,不嫌其说得尽。
(《栩庄漫记》)

# 风流子

茅舍槿篱溪曲①,鸡犬自南自北。菰叶长②,水
荭开③。门外春波涨渌。听织④,声促,轧轧鸣梭
穿屋⑤。

## 注释

① 槿篱:木槿篱笆。

② 菰(gū 姑):多年生草本植物,多生于南方浅水中,嫩茎即茭
白,可作蔬菜。

③ 水荭(hóng 洪):即荭菜,茎中空,今俗名空心菜。

④ 听织:听织布声。

⑤ 轧轧(yà yà 亚亚):织布机梭子来回的声音。

汤显祖云:田家乐耶? 丽人行耶? 青楼曲耶? 词人藻,美人容,都在尺幅中矣。(汤显祖评本《花间集》)

李冰若云:《花间集》中忽有此淡朴咏田家耕织之词,诚为异采。盖词境至此,已扩放多矣。(《栩庄漫记》)

# 风流子

楼倚长衢欲暮①,瞥见神仙伴侣②。微傅粉③,拢梳头④,隐映画帘开处⑤。无语,无绪,慢曳罗裙归去⑥。

## 注释

① 长衢:长街。

② 神仙伴侣:指倾慕的女子。

③ 傅粉:擦粉。

④ 拢:梳掠,整理。韩偓《春闷偶成》:"无言拢鬓时。"

⑤ "隐映"句:言那位女子隐约出现在画帘揭开的地方。

⑥ "无语"三句:写女子的离去。无绪,情绪低落。

陈廷焯云:情态逼真,令人如见。结三语有无限惋惜。(《云韶集》)


# 定西番

帝子枕前秋夜①,霜幄冷②,月华明,正三更。何处戍楼寒笛?梦残闻一声。遥想汉关万里,泪纵横。

## 注释

① 帝子:帝王子女的通称。这里指赴西番和亲的公主。
② 幄(wò 握):帐幕。

## 辑评

汤显祖云:吴子华云:"无人知道外边寒。"谢叠山云:"玉人歌吹未曾归。"可见深宫之暖,不知边塞之寒;玉人之娱,不知蚕妇之苦。至裴交泰下第词云:"南宫漏短北宫长。"真一字一血矣。(汤显祖评本《花间集》)

俞陛云云:"寒笛"二句有"横笛偏吹行路难,一时回首月中看"之感。(《五代词选释》)

# 思帝乡

如何①？遣情情更多②。永日水堂帘下③，敛羞蛾④。六幅罗裙窣地，微行曳碧波⑤。看尽满池疏雨，打团荷。

## 注释

① 如何：为何，为什么。

② 遣：排遣。

③ 永日：整天。水堂：临近水边或在水上的亭阁。

④ 敛羞蛾：意谓紧皱眉头。

⑤ "六幅"二句：意谓女子在池边微步而行，罗裙拂地，好像池中碧波荡漾。六幅，六褶。窣(sù 素)地，拂地。

## 辑评

徐士俊云：如何，如何，忘我实多，添为词料矣。（见卓人月《古今词统》）

王闿运云：常语常景，自然丰采。（《湘绮楼词选》）

# 谒金门

留不得，留得也应无益。白纻春衫如雪色①，扬州初去日。　　轻别离，甘抛掷，江上满帆风疾。却羡彩鸳三十六②，孤鸾还一只③。

**注释**

① 白纻（zhù 住）：细而洁白的麻织物。

② 彩鸳三十六：汉乐府《相逢行》："鸳鸯七十二，罗列自成行。"七十二即三十六对。史载西汉霍光曾在园中凿大池，养鸳鸯三十六对，望之灿若锦绣。

③ 孤鸾：喻失去伴侣的人。鸾，凤类，一说是凤凰的异名。

**辑评**

沈际飞云：起句落宋，然是宋人妙处。（末二句）古不可言。（《草堂诗余别集》）

汤显祖云："满帆风吹，不上离人小舡"，今南调中最脍炙人口。只此数语，已足该括之矣。（汤显祖评本《花间集》）

贺裳云：词虽以险丽为工，实不及本色语之妙。如李易安"眼波才动被人猜"，萧淑兰"去也不教知，怕人留恋伊"，魏夫人"为报归期须及早，休误妾，一身闲"，孙光宪"留不得，留得也应无益"，严次山"一春不忍上高楼，为怕见，分携处"，观此种句，觉"红杏枝头

谒金门（留不得）

春意闹"尚书,安排一个字,费许大气力。(《皱水轩词筌》)

陈廷焯云:起笔超脱,结笔妙。一"还"字,可知孤栖非一日矣。(《云韶集》) 又云:不遇之感,自叹语,亦是自负语。"还"字妙,落拓非一日矣。(《词则·大雅集》)

吴梅云:余谓孟文之沉郁处,可与李后主并美。即如此词,已足见其不事侧媚,甘处穷寂矣。(《词学通论》)

刘永济云:此写别情而特为强烈。首句言不可留,留亦无益,语中已带愤怒意。次言去者初离时之衣衫如雪者,眼中之人,记得甚分明也。下半阕前二句,即证明上半阕二语之意,曰"轻"、曰"甘",责其毫无留意,所以留亦无益也。"江上"句,又从去舟之速证明其毫无留意。此虽不合理,然确是怨极之词。去者未必便真如此,怨者必有此想法也。末二句,言鸾虽美于鸳鸯,而长孤飞,则反不如鸳鸯犹得双飞、双宿也。(《唐五代两宋词简析》)

李冰若云:字字呜咽,相思之苦,飘泊之感,使人荡气回肠,百读不厌。其清新哀惋处,盖神似端己也。 又云:"留不得,留得也应无益。白纻春衫如雪色,扬州初去日"诸句,含思绵渺,使人读之徒唤奈何。(《栩庄漫记》)

唐圭璋云:此首写飘泊之感与相思之苦。起两句,即懊恨百端,沉哀入骨。"白纻"两句,记去扬州时之衣服,颇见潇洒豪迈之风度。下片换头,自写江上流浪,语亦沉痛。末两句,更说明孤栖天涯之悲感。通篇入声韵,故觉词气遒警,情景沉郁。(《唐宋词简释》)

# 思越人

　　渚莲枯①，宫树老，长洲废苑萧条②。想象玉人空处所③，月明独上溪桥。　　经春初败秋风起，红兰绿蕙愁死④。一片风流伤心地，魂销目断西子。

## 注释

① 渚莲：小洲上的莲叶。

② 长洲：苑名，吴王阖闾游猎的地方，在今江苏吴县西南。

③ 玉人：这里指西施。

④ "红兰"句：意谓红色的兰花、绿色的蕙草也因悲伤的往事愁苦而死。

## 辑评

　　陈廷焯云：笔致疏冷。"经春"二语凄艳，而笔力甚遒。（《云韶集》）　又云：笔力甚遒而语特凄咽。（《词则·放歌集》）

　　吴梅云：至闲婉之处，亦复尽多。如《浣溪沙》云："目送征鸿飞杳杳，思随流水去茫茫，兰红波碧忆潇湘。"又云："花冠闲上午墙啼。"《思越人》云："渚莲枯，宫树老，长洲废苑萧条。想象玉人空处所，月明独上溪桥。"此等俊逸语，亦孟文所独有。（《词学通论》）

　　李冰若云："月明独上溪桥"，所谓伤心人别有怀抱也。（《栩庄漫记》）

# 杨柳枝

阊门风暖落花干①，飞遍江城雪不寒②。独有晚来临水驿，闲人多凭赤阑干。

## 注释

① 阊(chāng 昌)门：苏州城的西门。
② 雪不寒：指柳絮如雪，但却不寒。

## 辑评

徐士俊云：(首句)"干"字奇。(见卓人月《古今词统》)

李冰若云："飞遍江城雪不寒"，得咏絮之妙。(《栩庄漫记》)

# 渔歌子

泛流萤①，明月灭，夜凉水冷东湾阔。风浩浩，笛寥寥②，万顷金波澄澈③。　　杜若洲④，香郁烈，一声宿雁霜时节。经雪水⑤，过松江⑥，尽属侬家日月⑦。

## 注释

① 流萤:飞行的萤火虫。

② 寥寥:这里指笛声稀疏。

③ 金波:水面上流动的月光。

④ 杜若:香草名。

⑤ 霅(zhà 炸)水:即霅溪,在今浙江境内,流入太湖。

⑥ 松江:即吴淞江,属太湖支流,流至上海合黄浦江入海。

⑦ "尽属"句:意谓这一切的日月山水都为吾之所有。侬家:古吴语,犹言自家。

## 辑评

汤显祖云:竟夺了张志和、张季鹰坐位,忒觉狠些。(汤显祖评本《花间集》)

**魏承班** 生卒年不详。其父魏宏夫,为前蜀王建养子,赐名王宗弼,封齐王。承班为驸马都尉,官至太尉。其词浓艳处近飞卿,间有清朗之作。王国维云:"魏词逊于薛昭蕴、牛峤而高于毛文锡。"(《人间词话附录》)

# 菩萨蛮

罗裙薄薄秋波染①,眉间画得山两点②。相见绮筵时,深情暗共知。　翠翘云鬓动,敛态弹金凤③。宴罢入兰房④,邀人解珮珰⑤。

## 注释

① 秋波染:言罗裙之色如碧蓝之秋波。

② 山两点:指眉妆如同远山两点。

③ 金凤:指琴筝一类的乐器。

④ 兰房:女子闺房。

⑤ 珮珰:指身上的佩饰。

## 辑评

沈雄云:魏承班词,较南唐诸公更淡而近,更宽而尽,人人喜效为之。愚按"相见绮筵时,深情暗共知","难话此时心,梁燕双

来去",亦为弄姿无限,只是一腔摹出。(《柳塘词话》)

李冰若云:艳冶似温尉。(《栩庄漫记》)

# 玉楼春

寂寞画堂梁上燕,高卷翠帘横数扇①。一庭春色恼人来,满地落花红几片。　　愁倚锦屏低雪面②,泪滴绣罗金缕线。好天凉月尽伤心,为是玉郎长不见。

## 注释

① 横数扇:指排列着几扇窗门。

② 雪面:即粉面,白皙的脸。

## 辑评

汤显祖云:此题集中凡三见,皆无一败笔,才故相匹。抑亦此题之足恣其挥洒耶?(汤显祖评本《花间集》)

沈雄云:(末二句)有故意求尽之病。(《柳塘词话》)

陈廷焯云:凄警。语意爽朗。(《词则·别调集》)

李冰若云:结语说到尽头,了无余味。魏氏此等词,与毛文锡不相上下。(《栩庄漫记》)

# 诉衷情

银汉云晴玉漏长<sup>①</sup>，蛩声悄画堂<sup>②</sup>。筼簟冷<sup>③</sup>，碧窗凉，红蜡泪飘香。　　皓月泻寒光，割人肠。那堪独自步池塘，对鸳鸯。

## 注释

① 银汉：银河。这里指夜空。玉漏：玉制的计时器。

② 蛩(qióng穷)：蟋蟀。

③ 筼簟(diàn电)：竹席。

## 辑评

　　徐士俊云："蝉噪林逾静"，借以咏蛩；"群峰似剑割愁肠"，借以咏月。（见卓人月《古今词统》）

　　李调元云：词非诗比，诗忌尖刻，词则不然。魏承班《诉衷情》云："皓月泻寒光，割人肠。"尖刻而不伤巧。词至唐末初盛，已有此体。如东坡"割愁遂有剑芒山"，巧矣，以之入诗，终嫌尖削。（《雨村词话》）

　　李冰若云：用相对写法，较有情味。"皓月泻寒光"，佳句也。（《栩庄漫记》）

# 诉衷情

春情满眼脸红绡①，娇妒索人饶②。星靥小③，玉珰摇④，几共醉春朝。　　别后忆纤腰，梦魂劳。如今风叶又萧萧，恨迢迢。

## 注释

① 脸红绡:谓脸细腻红润如同薄绡。

② 娇妒:指女子的娇嗔之态。索人饶:指欲得人的怜爱。

③ 星靥(yè夜):酒窝上的妆饰。参见和凝《山花子》(莺锦蝉縠馥麝脐)注。

④ 玉珰:耳环一类的饰品。

## 辑评

汤显祖云:"杨柳索春饶",黄山谷词也。"一汀烟柳索春饶",张小山词也。古人惯用"饶"字。(汤显祖评本《花间集》)

徐士俊云:"索人饶"比"索春饶"尤妙。(见卓人月《古今词统》)

李冰若云:"春情满眼脸红绡",描写细腻。《片玉词》云:"拂拂面红如着酒。"同此深刻而艳丽也。又云:"别后忆纤腰,梦魂劳。如今风叶又萧萧,恨迢迢。"……似此笔近清疏,亦复披沙拣金,未易多得。(《栩庄漫记》)

# 生查子

　　烟雨晚晴天，零落花无语。难话此时心，梁燕双来去。　　琴韵对熏风①，有恨和情抚。肠断断弦频②，泪滴黄金缕③。

## 注释

① "琴韵"句：意谓临熏风而抚琴。琴韵，犹琴音。许浑《题飞泉观宿龙池》诗："松叶正秋琴韵响。"熏风，和风。

② "肠断"句：意谓本来愁肠已断，无奈琴弦又屡屡断折。

③ 黄金缕：指饰有金丝线的衣衫。

## 辑评

　　沈际飞云：远近含吐，精魂生怯。（《草堂诗余别集》）

　　徐士俊云：魏夫人"肠断泪痕流不断"，永叔"望欲断时肠已断"，两"断"字相袭。（见卓人月《古今词统》）

　　俞陛云云：上阕花落燕飞，有《珠玉词》"无可奈何花落去，似曾相识燕归来"之意。下阕怀旧而兼悼逝，殆有凤尾留香之感耶？《五代词选释》）

　　李冰若云：魏词浅易，此却蕴藉可诵。（《栩庄漫记》）

　　华钟彦云："难话此时心"二句，隽语也，隽在不言，而有不尽之意。（《花间集注》）

# 渔歌子

柳如眉，云似发，鲛绡雾縠笼香雪①。梦魂惊，钟漏歇，窗外晓莺残月。　　几多情，无处说，落花飞絮清明节。少年郎，容易别，一去音书断绝。

## 注释

① "鲛绡"句：描写女子衣着的华贵与肌肤的洁白细腻。鲛绡，神话中的人鱼（鲛人）所织的纱绢。雾縠，薄雾般的轻纱。

## 辑评

汤显祖云：只此容易别时，常种人毕世莫解之恨，那得草草。（汤显祖评本《花间集》）

俞彦云：使屯田此际操觚，果可以"杨柳外晓风残月"命句否？且柳词亦只此佳句，余皆未称。而亦有本，祖魏承班《渔歌子》"窗外晓莺残月"，第改二字增一字耳。（《爰园词话》）

李冰若云："窗外晓莺残月"，正是怀人境地，故上半阕设色殊美，恨结句一语道尽，又无余韵矣。（《栩庄漫记》）

姜方锬云："窗外晓莺"句，且为柳三变名句之所本焉。　又云：韦庄《荷叶杯》有云："惆怅晓莺残月。"当是魏词所本。（《蜀词人评传》）

**鹿虔扆**　生卒年不详,后蜀进士,累官至学士,以工小词而得后主孟昶赏识。蜀亡不仕,词多感慨之音。存词仅六首,为《花间集》中最少者。倪瓒云:"鹿公高节,偶尔寄情倚声,而曲折尽变,有无限感慨淋漓处。"(《历代词话》引)

# 临江仙

金锁重门荒苑静①,绮窗愁对秋空②。翠华一去寂无踪③。玉楼歌吹④,声断已随风。　　烟月不知人事改,夜阑还照深宫⑤。藕花相向野塘中。暗伤亡国,清露泣香红⑥。

## 注释

① 金锁重门:言重重宫门已被锁闭。苑:皇家的园林。

② 绮窗:镂空呈花纹的窗户。

③ 翠华:用翠羽制成的旗子,为皇帝仪仗所用。这里代指皇帝的车驾。

④ 玉楼:华丽的高楼,这里指宫殿。歌吹:指歌声与乐曲声。

⑤ 夜阑:夜深。

⑥ "藕花"三句:意谓野塘中红红的荷花上滴着清凉的露珠,仿佛是因为亡国而在悄悄地流泪。

## 辑评

杨慎云：故宫禾黍之思，令人黯然。此词比李后主《浪淘沙》词更胜。（见《花间集评注》）

汤显祖云："曲终人不见，江上数峰青"，似有神助。以此方之，可谓劲敌。（汤显祖评本《花间集》）

李廷机云：周美成《西河》词云："燕子不知何世，入寻常巷陌人家，如说兴亡，斜阳里。"亦就是"烟月不知人事改"一段变化出来。（《新刻注释草堂诗余评林》）

沈际飞云：结句藕花泣露，伤感复伤感。（《草堂诗余正集》）

徐士俊云：花有叹声，史识之矣。（见卓人月《古今词统》）

许昂霄云：曰"不知"，曰"暗伤"，无情有恨，各极其妙。（《词综偶评》）

陈廷焯云："一声河满子，双泪落君前"，深情苦调，有《黍离》、《麦秀》之悲。（《云韶集》）

谭献云：哀悼感愤。（谭评《词辨》）

况周颐云：鹿太保，孟蜀遗臣，坚持雅操。其《临江仙》云："烟月人知人事改，夜阑还照深宫。"含思凄婉，不减李重光"晚凉天净月华开，想得玉楼瑶殿影，空照秦淮"之句。（《餐樱庑词话》）

俞陛云云：周道《黍离》之感，唐宋以来，多见于诗歌。在词中，惟南唐后主亡国失家，语最沉痛。虞庠词亦善感乃尔。诵"露泣红香"句，与"独与铜人相对泣，凄凉残月下金盘"，其音皆哀以思也。（《五代词选释》）

李冰若云：太白诗"只今惟有西江月，曾照吴王宫里人"，已开鹿词先路。此阕之妙,妙在以暗伤亡国托之藕花,无知之物,尚且泣露啼红,与上句"烟月还照深宫"相衬,而愈觉其悲惋。其全词布置之密,感喟之深,实出后主"晚凉天净"一词之上,知音当不河汉斯言。(《栩庄漫记》)

唐圭璋云:此首暗伤亡国之词。全篇摹写亡国后境界,有《黍离》、《麦秀》之悲。起三句,写秋空荒苑,重门静锁,已足色凄凉。"翠华"三句,写人去无踪,歌吹声断,更觉黯然。下片,又以烟月、藕花无知之物,反衬人之悲伤。其章法之密,用笔之妙,感喟之深,实胜后主"晚凉天静月华开"一首也。"烟月"两句,从刘禹锡"淮水东边旧时月,夜深还过女墙来"化出。"藕花"句,体会细微。末句尤凝重,不啻字字血泪也。(《唐宋词简释》)

# 思越人

翠屏欹,银烛背,漏残清夜迢迢。双带绣窠盘锦荐①,泪侵花暗香消。　　珊瑚枕腻鸦鬟乱,玉纤慵整云散②。苦是适来新梦见,离肠怎不千断。

## 注释

① "双带"句:意谓绣着花团的双带盘置在锦席上。绣窠,彩绣

花团。锦荐,锦席。

② 玉纤:指纤纤玉手。云散:指头发散乱。

## 辑评

汤显祖云:结语酸楚,江文通、潘安仁悼亡诗不过如此。(汤显祖评本《花间集》)

徐士俊云:"双带"二句,即"泪沾红袖黦"之意。(见卓人月《古今词统》)

张德瀛云:《十国春秋》云:"鹿虔扆《思越人》词有'双带绣窠盘锦荐,泪侵花暗香消'之句,词家推为绝唱。"今考鹿词不多见,固非如冯正中诸人,日从事于声歌者。零玑碎锦,尤足贵矣。(《词徵》)

李冰若云:《十国春秋》谓鹿太保"双带"二句,时人推为绝唱。余谓此词虽凄丽,尚非《临江仙》之比也。(《栩庄漫记》)

姜方锬云:《思越人》一阕,辞熔句冶,镂玉镌金。(《蜀词人评传》)

**阎　选**　生平不详,似未曾做过官,故《花间集》称其为"阎处士"。与欧阳炯、鹿虔扆、毛文锡、韩琮五人,俱以小词供奉后蜀主孟昶,时人忌之,号为"五鬼"。李冰若云:"阎处士词多侧艳语,颇近温尉一派,然意多平衍,盖与毛文锡伯仲耳。"(《栩庄漫记》)

# 虞美人

粉融红腻莲房绽①,脸动双波慢②。小鱼衔玉鬓钗横③,石榴裙染象纱轻④,转娉婷⑤。　　偷期锦浪荷深处⑥,一梦云兼雨。臂留檀印齿痕香⑦,深秋不寐漏初长,尽思量。

## 注释

① "粉融"句:意谓女子红粉的脸就像莲花绽开。莲房,即莲蓬,莲蓬内莲子分隔如房,故称。

② 双波慢:指眼波流动。慢,通漫,随意,不受拘束。

③ 小鱼衔玉:一种玉钗的造型。

④ 象纱:纱的一种。

⑤ 娉婷:娇美的样子。白居易《昭君怨》诗:"明妃风貌最娉婷。"

⑥ 偷期:暗暗约会。锦浪:如锦的浪花。李白《鹦鹉洲》诗:"岸

夹桃花锦浪生。"

⑦ 檀印：口红印。

## 辑评

汤显祖云："尽"字一作"伫"，"伫"字更有深会。（汤显祖评本《花间集》）

况周颐云：《虞美人》云："偷期锦浪荷深处，一梦云兼雨。臂留檀印齿痕香，深秋不寐漏初长，尽思量。"虽质语，词家所许，然分际太过，不免伤雅伤格。（《历代词人考略》）

# 虞美人

楚腰蛴领团香玉①，鬓叠深深绿②。月蛾星眼笑微嚬③，柳妖桃艳不胜春④，晚妆匀。　　水纹簟映青纱帐，雾罩秋波上。一枝娇卧醉芙蓉⑤，良宵不得与君同，恨忡忡⑥。

## 注释

① 楚腰：言女子的细腰。《韩非子·二柄》："楚灵王好细腰，而国中多饿人。"蛴领：形容洁白的脖子。团香玉：形容肌肤柔

美白嫩。

② 鬓叠：指厚密的头发。

③ 月蛾星眼：谓眉如初月，眼如明星。笑微嚬：笑中略带愁意。嚬，通颦，皱眉。

④ 柳妖桃艳：这里系形容女子的容态。

⑤ "一枝"句：写女子醉卧如同芙蓉卧枝。

⑥ 忡(chōng 充)忡：忧愁的样子。《诗经·召南·草虫》："未见君子，忧心忡忡。"

## 辑评

汤显祖云："笑微嚬"，一作"笑和颦"，反觉复而无情。（汤显祖评本《花间集》）

沈际飞云：诸相具足。又云：（末二句）好句，同人也好。（《草堂诗余别集》）

况周颐云：此以艳胜者。（《历代词人考略》）


# 临江仙

十二高峰天外寒①，竹梢轻拂仙坛②。宝衣行雨在云端③。画帘深殿，香雾冷风残。　　欲问楚王何

临江仙（十二高峰天外寒）

处去④，翠屏犹掩金鸾⑤。猿啼明月照空滩。孤舟行客，惊梦亦艰难⑥。

## 注释

① 十二高峰：即巫山十二峰。上片系写一个孤舟行客经过神女庙时的所见所感。

② 仙坛：指巫山神女庙。

③ 宝衣：指巫山神女所穿的缀满珠宝的衣服。

④ 何处去：即在何处。

⑤ "翠屏"句：言巫山的重重山屏遮挡了楚王的鸾驾。这是孤舟行客的拟想之词。金鸾，代指楚王的车驾。

⑥ "猿啼"三句：转到现实描写，说自己在明月照空滩的情景中做不成楚王梦高唐那样的梦。

## 辑评

汤显祖云：非深于行役者，不能为此言。即以《水仙调》当《行路难》可也。（汤显祖评本《花间集》）

况周颐云：阎选《临江仙》云："猿啸明月照空滩，孤舟行客，惊梦亦艰难。"佳处在下二句。《十国春秋》只称引上一句，可云买椟还珠。（《餐樱庑词话》）

吴任臣云：阎选，故布衣也，酷善小词，有《临江仙》词云："画帘深殿，香雾冷风残。"又云："猿啼明月照空滩。"时人目为阎处士。（《十国春秋》）

# 浣溪沙

寂寞流苏冷绣茵①，倚屏山枕惹香尘②。小庭花露泣浓春。　　刘阮信非仙洞客，嫦娥终是月中人③。此生无路访东邻④。

## 注释

① 绣茵:绣花的褥垫。

② 惹香尘:指沾惹上香气。

③ "刘阮"二句:刘阮,指刘晨、阮肇采药遇仙女事。详见皇甫松《天仙子》(晴野鹭鸶飞一只)注。这里以刘阮自比,通过"信非"与"终是"相对,写出无缘与心仪女子相恋的遗恨。

④ 东邻:指美女。司马相如《美人赋》:"臣之东邻,有一女子,玄发丰艳,蛾眉皓齿。"

## 辑评

陈廷焯云:"小庭"七字凄艳。下半阕已是元明一派。(《词则·闲情集》)

况周颐云:界在清艳之间者也。(《历代词人考略》)

# 八拍蛮

　　愁锁黛眉烟易惨[①]，泪飘红脸粉难匀。憔悴不知缘底事[②]，遇人推道不宜春[③]。

## 注释

① 烟易惨：谓所涂的胭脂也露出惨淡之色。烟，通胭。胭脂亦写作烟肢。

② 缘底事：缘何事。

③ "遇人"句：自知因相思而形容憔悴，却对人说是不适宜春天的气候。

## 辑评

　　徐士俊云：却不道四时天气总愁人。（见卓人月《古今词统》）

　　况周颐云：《八拍蛮》之"憔悴不知缘底事，遇人推道不宜春"，《谒金门》之"双髻绾云颜似玉，素蛾辉淡绿"，则其秀在骨，其艳入神，卷中最佳之句也。（《历代词人考略》）

　　姜方锬云：处士词，后人多谓其直率平淡而无蕴藉，然其《八拍蛮》之"遇人推道不宜春"，《定风波》之"露迎珠颗入圆荷"，自然入妙，未必文锡、熙震辈克办。若《谒金门》之"酥融香透肉"，《浣溪沙》之"此生无路访东邻"，未免伧父狂妄耳。（《蜀词人评传》）

# 河　传

秋雨，秋雨。无昼无夜，滴滴霏霏。暗灯凉簟怨分离。妖姬[1]，不胜悲。　　西风稍急喧窗竹[2]，停又续，腻脸悬双玉[3]。几回邀约雁来时，违期，雁归人不归。

## 注释

① 妖姬：娇媚的女子。

② 喧窗竹：使窗前的竹子发出声响。

③ 双玉：双泪。

## 辑评

　　汤显祖云：三句皆重叠字，大奇，大奇。宋李易安《声声慢》，用十重叠字起，而以"点点滴滴"四字结之，盖用其法而青于蓝者。（汤显祖评本《花间集》）

　　陈廷焯云：起笔胜，结笔缓。（《云韶集》）　又云：起疏爽，结凄婉。（《词则·别调集》）

**尹 鹗** 生卒年不详,蜀人。前蜀时官至参卿。姜方锬云:"参卿词,其情调不外欢歌腻语,别苦离愁,其意趣则淡雅幽闲,蒨巧可爱。"(《蜀词人评传》)

# 临江仙

一番荷芰生池沼①,槛前风送馨香。昔年于此伴萧娘②。相偎伫立,牵惹叙衷肠。 时逞笑容无限态,还如菡萏争芳③。别来虚遣思悠飏。慵窥往事④,金锁小兰房。

## 注释

① 一番:犹一度。

② 萧娘:泛指佳人。

③ "还如"句:言如同在与荷花比美。菡萏(hàn dàn 汗但),荷花。

④ 慵窥:这里是懒得回首的意思。

## 辑评

茅暎云:托幽芳于芰荷。(《词的》)

沈雄云："昔年于此伴萧娘。相偎伫立,牵惹叙衷肠。"流递于今,读者不能为怀。岂必曰《花间》、《尊前》句皆婉丽也。(《柳塘词话》)


# 满宫花

月沉沉,人悄悄,一炷后庭香袅。风流帝子不归来,满地禁花慵扫。　　离恨多,相见少,何处醉迷三岛①,漏清宫树子规啼,愁锁碧窗春晓。


## 注释
① 三岛:古代传说海中有三神山,名蓬莱、方丈、瀛洲。


## 辑评
李调元云:盖伤蜀之亡也。(《全五代诗》注)

陈廷焯云:绮丽风华,仿佛仲初宫词。(《云韶集》)

吴任臣云:疑亦有所寄慨而作。(《十国春秋》)

# 杏园芳

　　严妆嫩脸花明①，教人见了关情②。含羞举步越罗轻，称娉婷③。　　终朝咫尺窥香阁，迢遥似隔层城④。何时休遣梦相萦，入云屏⑤？

## 注释

① 严妆：化妆打扮得整整齐齐。

② 关情：动情。

③ 娉婷：娇媚的样子。

④ "终朝"二句：意谓虽近在咫尺，却又似相隔遥远。终朝，终日。隔层城，相隔重重城楼。

⑤ 入云屏：这里指进入到女子的闺房，使梦境变成现实。

## 辑评

　　沈雄云：尹鹗《杏园芳》第二句"教人见了关情"，末句"何时休遣梦相萦"，遂开柳屯田俳调。（《柳塘词话》）

# 醉公子

　　暮烟笼薜砌①，戟门犹未闭②。尽日醉寻春，归来月满身。　　离鞍偎绣袂，坠巾花乱缀③。何处恼佳人，檀痕衣上新④。

## 注释

① 藓砌：长满苔藓的台阶。

② 戟门：显贵人家之门。唐朝规定，官、阶、勋俱是三品的可以立戟于门。

③ "离鞍"二句：系写贵公子醉归的情态。绣袂：这里代指女子。

④ "何处"二句：意谓醉公子的衣上有着清晰的唇印，一定是他在外寻欢作乐、引逗美貌姑娘时留下的。

## 辑评

汤显祖云：一年几见月当头，"归来月满身"，良非易事。世上也有会得醉的公子。（汤显祖评本《花间集》）

贺裳云：写景之工者，如尹鹗"尽日醉寻春，归来月满身"，李重光"酒恶时拈花蕊嗅"，李易安"独抱浓愁无好梦，夜阑犹剪灯花弄"，刘潜夫"贪与萧郎眉语，不知舞错伊州"，皆入神之句。（《皱水轩词筌》）

沈雄云：词有写景入神者，尹鹗云："尽日醉寻春，归来月满身。"（《古今词话》）

李冰若云：尹鹗《醉公子》词云："何处恼佳人，檀痕衣上新。"似怨似怜，娇嗔之态可想，而含意亦不轻薄。（《栩庄漫记》）

# 菩萨蛮

陇云暗合秋天白[1]，俯窗独坐窥烟陌[2]。楼际角重吹[3]，黄昏方醉归。　　荒唐难共语[4]，明日还应去。上马出门时，金鞭莫与伊。

## 注释

① 陇：甘肃、陕西有陇山，这里泛指今陕、甘一带。

② 烟陌：被薄雾笼罩的道路。

③ 角重吹：号角声又吹响了。

④ 荒唐：指行为放荡不羁。

## 辑评

陈廷焯云：慧心密意，令人叫绝。娇旖之情可掬。（《云韶集》）　又云：摹写娇宠，只此已足，稍不自持，即流为"一面发娇嗔，碎揉花打人"之恶习矣。不可不防其渐。（《词则·闲情集》）

况周颐云：由未归说到醉归，由"荒唐难共语"，想到明日出门时，层层转折，与无名氏《醉公子》略同。"金鞭莫与伊"，尤有不尽之情，痴绝，昵绝。《全唐诗》附鹦词十六阕，此阕最为佳胜。（《历代词人考略》）

**毛熙震**　生卒年不详,蜀人。仕后蜀,官至秘书监。其词多写绮情,但风格颇清丽蕴藉,故周密称其词"多新警而不僭薄"(《齐东野语》)。正是由于这一点,要当在毛文锡、魏承班、阎选等其他花间词人之上。

# 浣溪沙

　　晚起红房醉欲销①,绿鬟云散袅金翘②,雪香花语不胜娇③。　　好是向人柔弱处,玉纤时急绣裙腰④,春心牵惹转无聊⑤。

## 注释

① 红房:华丽的房间。

② 袅金翘:言头上所戴的首饰在颤动。金翘,首饰。

③ 雪香:指肌肤白而香。花语:指言语柔美动听。

④ 时急绣裙腰:不时地紧一紧那绣裙的腰。急,紧。这句是侧写女子腰肢的纤细。

⑤ "春心"句:言突然牵惹起相思而情绪转为低沉。

## 辑评

　　李冰若云:平淡之状而出以秾丽,使人之意也消。(《栩庄漫记》)

# 浣溪沙

　　一只横钗坠髻丛，静眠珍簟起来慵，绣罗红嫩抹酥胸①。　　羞敛细蛾魂暗断，困迷无语思犹浓②，小屏香霭碧山重③。

## 注释

① 酥胸:形容女子胸脯白腻如酥。

② "困迷"句:暗寓昨夜有一番浓情。

③ "小屏"句:意谓屏风上所绘的重重碧山笼罩在香雾之中。

## 辑评

　　李冰若云:细腻风光。(《栩庄漫记》)

# 浣溪沙

　　碧玉冠轻袅燕钗①，捧心无语步香阶②，缓移弓底绣罗鞋。　　暗想欢娱何计好，岂堪期约有时乖③，日高深院正忘怀④。

## 注释

① 袅燕钗:指燕形的金钗在头上微微颤动。

② 捧心:双手抱着胸口。原意指病态,这里是形容一种娇态。

③ "暗想"二句:意谓原来约定的相聚是多么的美好,令人不能忍受的是那人却失约不来。乖:违背。

④ 正忘怀:言女子因陷于痴想中而忘情外物。

## 辑评

　　李冰若云:毛熙震词:"缓移弓底绣罗鞋。"当为以弓鞋入词之始。着一"缓"字,神态具足。(《栩庄漫记》)

# 临江仙

　　幽闺欲曙闻莺啭,红窗月影微明。好风频谢落花声。隔帷残烛,犹照绮屏筝。　　绣被锦茵眠玉暖①,炷香斜袅烟轻。淡蛾羞敛不胜情②。暗思闲梦,何处逐云行③?

## 注释

① 锦茵:锦制的褥垫。眠玉:睡眠中的美人。

② 不胜情：承受不了相思之情的煎熬。

③ "暗思"二句：意谓梦醒后还在追思梦中游子的行踪。云，代指行踪不定的游子。

## 辑评

许昂霄云："好风频谢落花声"三句，与顾夐《玉楼春》后段意同。（《词综偶评》）

陈廷焯云："暗思闲梦，何处逐云行？"似此则婉转缠绵，情深一往，丽而有则，耐人玩味。（《白雨斋词话》）　又云：风流凄婉，晏、欧先声。（《词则·闲情集》）

俞陛云云：月斜将曙，而残烛犹明，隐寓怀人不寐之意。结句梦逐行云，即已亦不知其处。上、下阕之结句，皆善用纡回之笔。（《五代词选释》）

# 更漏子

烟月寒，秋夜静，漏转金壶初永①。罗幕下，绣屏空，灯花结碎红②。　　人悄悄，愁无了，思梦不成难晓。长忆得，与郎期，窃香私语时③。

## 注释

① 漏转金壶:指滴漏之水流入到盛水的金壶之中。初永:即初长,指夜开始转长。

② 结碎红:灯花散之状。

③ 窃香:指男女偷情。这里系用晋贾充之女以奇香私赠韩寿的典故。

## 辑评

徐士俊云:词尾余情几许?(见卓人月《古今词统》)

# 清平乐

　　春光欲暮,寂寞闲庭户。粉蝶双双穿槛舞,帘卷晚天疏雨。　　含愁独倚闺帷,玉炉烟断香微①。正是销魂时节,东风满树花飞。

## 注释

① 香微:指香气渐渐消散。

## 辑评

陈廷焯云:"东风"六字精湛,凄艳。(《云韶集》)　又云:情

味宛然。（《词则·别调集》）

俞陛云云：仅为清稳之作，结意含蓄，自是正轨。（《五代词选释》）

李冰若云：毛熙震词如《清平乐》之蕴藉，《后庭花》之凄婉，岂与夫丰艳曼睩竞丽者比？《菩萨蛮》亦妙。（《栩庄漫记》）

# 小重山

梁燕双飞画阁前。寂寥多少恨，懒孤眠。晓来闲处想君怜①。红罗帐，金鸭冷沉烟②。　　谁信损婵娟③。倚屏啼玉箸④，湿香钿。四支无力上秋千。群花谢，愁对艳阳天。

## 注释

① 想君怜：回想郎君对自己的宠爱。

②“金鸭”句：谓香炉中沉香已灭。金鸭，香炉。

③ 损婵娟：谓愁损容颜。

④ 玉箸：喻眼泪。

## 辑评

李冰若云：春思无限，而以“愁对艳阳天”点出，故是有致。（《栩庄漫记》）

# 后庭花

莺啼燕语芳菲节①，瑞庭花发②。昔时欢宴歌声揭③，管弦清越。　　自从陵谷追游歇④，画梁尘黦⑤。伤心一片如珪月⑥，闲锁宫阙。

## 注释

① 芳菲节：春天的时节。

② 瑞庭：宫中庭院。

③ 歌声揭：歌声高扬。揭，揭调，即高调。

④ “自从”句：言自从世事变迁、王朝更替之后，宫中不再有追欢寻乐的旧事了。陵谷：《诗经·小雅·十月之交》：“高岸为谷，深谷为陵。”原指地面高低形势的变动，后用来比喻世事的变迁。追游：追欢寻乐的事。

⑤ 尘黦（yuè 月）：尘斑。黦，黄黑色。

⑥ 如珪月：即月如珪，月亮如珪玉一样晶莹皎洁。

## 辑评

王士禛云：花间字法，最著意设色，异纹细艳，非后人纂组所及。如“画梁尘黦”，山谷所谓古蕃锦者，其殆是耶。（《花草蒙拾》）

王国维云：周密《齐东野语》称其词新警而不为儇薄，余尤爱其《后庭花》，不独意胜，即以调论，亦有隽上清越之致，视文锡蔑如也。（《人间词话附录》）

# 酒泉子

闲卧绣帷，慵想万般情宠。锦檀偏，翘股重，翠
云敧①。　　暮天屏上春山碧，映香烟雾隔。蕙兰
心，魂梦役②，敛蛾眉。

## 注释

① "锦檀"三句：以檀枕偏、金钗重、鬟髻斜来表现女子的百无聊
　赖之态。锦檀，指有锦套的檀枕。翘股，一种几股合拧而成
　的钗饰。
② 魂梦役：魂梦所牵。

## 辑评

汤显祖云："手抵着牙腮，慢慢的想"，知从此处翻案，觉两两
尖新。（汤显祖评本《花间集》）

# 菩萨蛮

梨花满院飘香雪，高楼夜静风筝咽①。　斜月照
帘帷，忆君和梦稀。　　　小窗灯影背，燕语惊愁

态②。 屏掩断香飞，行云山外归③。

## 注释

① 风筝:指风铃。李商隐《燕台》诗:"西楼一夜风筝急。"

② "燕语"句:意谓窗外的燕语而惊醒了愁眠的人。

③ "屏掩"二句:前一句是醒时情境,后一句是梦中情境。断香,
   阵阵的香气,即指开头的梨花飘香。行云,喻远行的情人。

## 辑评

陈廷焯云:幽艳得飞卿之意。(《词则·别调集》)

俞陛云云:《菩萨蛮》词,宜以风华之笔,运幽丽之思。此作
颇似飞卿。香断、云归句,尤为俊逸。(《五代词选释》)

李冰若云:凄清怨抑。(《栩庄漫记》)

# 菩萨蛮

绣帘高轴临塘看①，雨翻荷芰真珠散。残暑晚初
凉，轻风渡水香。　　无聊悲往事，怎奈牵情思。光
影暗相催，等闲秋又来②。

## 注释

① 高轴:高卷。

② 等闲:无端。秋天是令人伤感的季节,所以女子怨恨秋天又
无端来临。

## 辑评

李冰若云:"等闲秋又来",无限怊怅。(《栩庄漫记》)

李 珣 (855?—930?),字德润,梓州(今四川三台)人,其祖先为波斯人。前蜀王衍时,以秀才预宾贡,蜀亡不仕。词风接近于韦庄,体现出清婉的特点,尤其是描写南方风情的作品,极真切可爱。况周颐云:"李秀才词清疏之笔,下开北宋人体格。"(《餐樱庑词话》)

# 浣溪沙

入夏偏宜淡薄妆,越罗衣褪郁金黄①,翠钿檀注助容光②。　　相见无言还有恨,几回拚却又思量③,月窗香径梦悠飏④。

## 注释

① 郁金黄:郁金香染成的黄色。

② 檀注:口红。

③ "几回"句:写女主人公的矛盾心理,说是几次赌气想与那个怨家断绝关系,但又思前顾后不忍放弃。拚却,割舍,放弃。

④ 悠飏:即悠扬,指梦境迷离。

## 辑评

李调元云:李珣工于《浣溪沙》词,其词类七言,须于一句中含无限远神方妙。如"入夏偏宜浅淡妆",又"暗思何事立残阳",

又"断魂何处一蝉新",皆有不尽之意。(《雨村词话》)

李冰若云:李德润词大抵清婉近端己,如《浣溪沙》云:"相见无言还有恨,几回拚却又思量。"又:"暗思何事立残阳。"《酒泉子》云:"秋雨连绵,声散败荷丛里,那堪深夜枕前听,酒初醒。"皆词浅意深,耐人涵咏。(《栩庄漫记》)


# 浣溪沙


晚出闲庭看海棠,风流学得内家妆①,小钗横戴一枝芳。　　镂玉梳斜云鬓腻,缕金衣透雪肌香,暗思何事立残阳。


**注释**

① 内家妆:宫女的装扮。内家,指皇宫。


**辑评**

沈际飞云:情深无际。(《草堂诗余别集》)

茅暎云:与"心在阿谁边"意同。(《词的》)

陈廷焯云:如画。"暗思何事立残阳",其妙正在说不出处。(《云韶集》)

李冰若云:前五句实写,而结句一笔提醒,遂觉全词俱化空灵,实者亦虚矣。此之谓笔妙。(《栩庄漫记》)

# 浣溪沙

访旧伤离欲断魂,无因重见玉楼人,六街微雨镂香尘①。　　早为不逢巫峡梦②,那堪虚度锦江春③,遇花倾酒莫辞频。

## 注释

① 六街:繁华的街市。镂香尘:《关尹子·一宇》:"言如吹影,思之如镂尘。"镂尘,指不见形迹。

② 早为:已经是。

③ 锦江春:锦江的春景。锦江,流经成都。杜甫《登楼》诗:"锦江春色来天地,玉垒浮云变古今。"

## 辑评

汤显祖云:"镂香尘"句妙。然"镂尘"二字出《关尹子》。李易安"清露晨流,新桐初引",乃《世说》全文。词虽小技,亦须多读书者方许为之。(汤显祖评本《花间集》)

李调元云:"六街微雨镂香尘","镂"字则尖新,少意味矣。(《雨村词话》)

俞陛云云:"微雨镂尘",琢句殊新。"频"字韵,相思无益,不如沉醉消愁。《珠玉词》"酒筵歌席莫辞频",亦即此意。(《五代词选释》)

吴任臣云:珣以小词为后主所赏,尝制《浣溪沙》词,有"早为不逢巫峡梦,那堪虚度锦江春",词家互相传诵。(《十国春秋》)

李冰若云:"无因重见玉楼人",故"遇花倾酒莫辞频",非曰及时行乐,实乃以酒浇愁,故其词温厚而不儳薄。(《栩庄漫记》)

# 浣溪沙

红藕花香到槛频,可堪闲忆似花人①,旧欢如梦绝音尘②。　　翠叠画屏山隐隐,冷铺纹簟水潾潾③,断魂何处一蝉新④。

**注释**

① 似花人:与荷花一样艳丽的美人。

② 绝音尘:断了音信。

荷香清暑
摹六如居士意 子祥

**浣溪沙**（红藕花香到槛频）

③ "冷铺"句:意谓铺上清凉的簟席,簟纹如水波潾潾。水潾潾,
　　水清澈貌。

④ 一蝉新:突然响起一声蝉鸣。

## 辑评

　　俞陛云云:"屏山"、"文簟"句,虽眼前景物,如隔山水万重;
小桥南畔,不异天涯也。作者言情之词,尚有《酒泉子》、《西溪
子》、《河传》、《巫山一段云》诸首,皆意境易尽,不若此词之蕴藉。
(《五代词选释》)

# 渔歌子

　　楚山青,湘水绿,春风淡荡看不足。草芊芊,花
簇簇,渔艇棹歌相续。　　信浮沉①,无管束,钓回
乘月归湾曲。酒盈樽,云满屋②,不见人间荣辱。

## 注释

① 信浮沉:听任渔舟漂浮。这里暗喻自己不以世俗得失为怀。

② 云满屋:指自己的隐居处为江雾笼罩。

# 渔歌子

柳垂丝,花满树,莺啼楚岸春山暮。棹轻舟,出深浦,缓唱渔歌归去。　　罢垂纶①,还酌醑②,孤村遥指云遮处。下长汀③,临浅渡,惊起一行沙鹭。

**注释**

① 罢垂纶,收起垂钓的钓鱼竿。

② 酌醑(xǔ许):饮美酒。

③ 长汀:这里指水中狭长的平地。

**辑评**

汤显祖云:《渔歌子》即《渔家傲》也,老不如渔,良愧其言。(汤显祖评本《花间集》)

李调元云:世皆推张志和《渔父》词以"西塞山前"一首为第一。余独爱李珣词云:"柳垂丝(略)。"不减"斜风细雨不须归"也。(《雨村词话》)

李冰若云:词虽缘饰题意,而风趣洒然。此首不作说明语,尤佳也。(《栩庄漫记》)

# 巫山一段云

古庙依青嶂①,行宫枕碧流②。水声山色锁妆楼③,往事思悠悠。　　云雨朝还暮④,烟花春复秋⑤。啼猿何必近孤舟,行客自多愁。

## 注释

① 青嶂:青山。这里指巫山。

② 行宫:京城外供帝王巡幸时居住的宫室。这里指楚细腰宫遗址。

③ 妆楼:梳妆楼。这里指宫中宫妃的寝楼。

④ "云雨"句:宋玉《高唐赋》说楚王在高唐梦见一神女,自称"妾旦为朝云,暮为行雨;朝朝暮暮,阳台之下"。

⑤ 烟花:繁花如烟的自然景物。李白《送孟浩然之广陵》诗:"故人西辞黄鹤楼,烟花三月下扬州。"

## 辑评

黄昇云:唐词多缘题所赋,《临江仙》则言仙事,《女冠子》则

述道情,《河渎神》则咏祠庙,大概不失本题之意。尔后渐变,去题远矣。如珣此作,实唐人本来词体如此。(见朱彝尊《词综》)

汤显祖云:客子常畏人,酸语不减楚些。(汤显祖评本《花间集》)

沈际飞云:宛行湘川庙竹之下。(《草堂诗余别集》)

陈廷焯云:"啼猿"二语,语浅情深。不必猿啼,行客已自多愁,又况闻猿啼乎!(《云韶集》)

# 临江仙

帘卷池心小阁虚,暂凉闲步徐徐①。芰荷经雨半凋疏。拂堤垂柳,蝉噪夕阳余。　　不语低鬟幽思远,玉钗斜坠双鱼②。几回偷看寄来书。离情别恨,相隔欲何如?

## 注释

① 徐徐:缓行貌。

② 双鱼:指双鱼状的玉钗。

## 辑评

汤显祖云:不了语作结,亦自有法。(汤显祖评本《花间集》)

茅暎云:幽恨如新。(《词的》)

# 临江仙

莺报帘前暖日红，玉炉残麝犹浓。起来闺思尚疏慵①。别愁春梦，谁解此情悰②？　　强整娇姿临宝镜，小池一朵芙蓉③。旧欢无处再寻踪。更堪回顾，屏画九疑峰。

## 注释

① 疏慵：懒怠。

② 情悰(cóng 丛)：情绪，情思。

③ "小池"句：意谓镜中佳人犹如一朵芙蓉花。小池，这里指妆镜。

## 辑评

况周颐云：李德润《临江仙》云："强整娇姿临宝镜，小池一朵芙蓉。"是人是花，一而二，二而一。句中绝无曲折，却极形容之妙。昔人名作，此等佳处，读者每易忽之。(《蕙风词话》)

李冰若云：德润"强整娇姿临宝镜，小池一朵芙蓉"，工于形容，语妙天下。世之笨词，当以此为换骨金丹。(《栩庄漫记》)

吴世昌云：李珣《临江仙》有"强整娇姿临宝镜，小池一朵芙蓉"，此从温词"衰桃一树临前池，似惜空颜镜中老"化出，反其意而用之，遂觉别致。(《词林新话》)

# 南乡子

兰棹举，水纹开，竞携藤笼采莲来。回塘深处遥相见，邀同宴，绿酒一卮红上面<sup>①</sup>。

## 注释

① "绿酒"句：意谓杯中绿酒被荷花映成红色。卮（zhī 支）：酒杯。

## 辑评

汤显祖云：这般染法，亦画家之七十二色之最上乘也。墨子当此，定无素丝之悲。（汤显祖评本《花间集》）

陈廷焯云：娇态如见。（《云韶集》） 又云：李珣《南乡子》诸词，语极李色，于唐人《竹枝》外，另辟一境矣。（《词则·闲情集》）

# 南乡子

乘彩舫<sup>①</sup>，过莲塘，棹歌惊起睡鸳鸯。游女带香偎伴笑，争窈窕<sup>②</sup>，竞折团荷遮晚照<sup>③</sup>。

① 彩舫:彩绘的船。

② 争窈窕:争相显露自己的青春美好。

③ "竞折"句:竞相折下荷叶遮住夕阳。

**辑评**

茅暎云:景真意趣。(《词的》)

李冰若云:"竞折团荷遮晚照",生动入画。(《栩庄漫记》)

# 南乡子

倾绿蚁①,泛红螺②,闲游女伴簇笙歌③。避暑信船轻浪里,闲游戏,夹岸荔枝红蘸水④。

**注释**

① 绿蚁:指酒。古时米酒未过滤时,面上泛酒糟,如蚁,呈淡绿色。

② 泛:溢出。红螺:指酒器。刘恂《岭表异录》载:"红螺,大小亦类鹦鹉螺,壳薄而红,亦堪为酒器。"

③ 簇笙歌:拥在一起吹笙唱歌。

④ "夹岸"句:意谓两岸荔枝红熟,果实下垂而浸入水面。蘸

(zhàn 站):浸入水中。

## 辑评

徐士俊云:为闽粤诸村传谱。(见卓人月《古今词统》)

李冰若云:"夹岸荔枝红蘸水",设色明蒨,非熟于南方景物不能道。(《栩庄漫记》)

# 南乡子

云带雨,浪迎风,钓翁回棹碧湾中①。春酒香熟鲈鱼美,谁同醉,缆却扁舟篷底睡②。


## 注释

① 回棹:回船。

② 缆却:以绳系住船。

## 辑评

汤显祖云:帆底一樽,马头千里,亦自有荣辱。如此睡,仿佛希夷千日矣。(汤显祖评本《花间集》)

# 南乡子

渔市散，渡船稀，越南云树望中微①。行客待潮
天欲暮，送春浦②，愁听猩猩啼瘴雨③。

## 注释

① 越南：今闽粤一带，古称百越。望中微：远远望去微茫一片。

② 送春浦：送客到春江岸边。

③ 瘴雨：含有瘴气的雨。瘴气系南方山林间的湿热蒸气，可使
人致病。

## 辑评

陈廷焯云："啼瘴雨"三字，笔力精湛，仿佛古诗。（《云
韶集》）

# 南乡子

相见处，晚晴天，刺桐花下越台前①。暗里回眸
深属意②，遗双翠③，骑象背人先过水④。

① 刺桐:又名海桐,生南方山谷中,树似梧桐而皮黄白色,有刺,
   故以名之。越台:即越王台,为西汉南越王赵佗所筑,遗址在
   今广州越秀山上。

② 深属意:含有深情。

③ 遗双翠:故意丢下身上的双翠饰物。双翠,一双饰有翠羽的
   钗子。

④ 背人:背着人,不让同伴知道。

## 辑评

陈廷焯云:情态可想。(《词则·闲情集》)

# 酒泉子

秋月婵娟①,皎洁碧纱窗外。 照花穿竹冷沉沉,
印池心。 凝露滴,砌蛩吟②,惊觉谢娘残梦③。
夜深斜傍枕前来,影徘徊④。

## 注释

① 婵娟:这里指形态姣好。

② 砌蛩：砌阶上的蟋蟀。

③ 谢娘：这里泛指闺中人。

④ 影徘徊：指月影徘徊。

## 辑评

汤显祖云：一意空翻到底，而点缀古雅，殊不强人意，似富于才而贫于学者。（汤显祖评本《花间集》）

况周颐云：五代人小词，大都奇艳如古蕃锦，惟李德润词有以清胜者。如《酒泉子》："秋雨联绵，声散败荷丛里，那堪深夜枕前听，酒初醒。"前调云："秋月婵娟，皎洁碧纱窗外。照花穿竹冷沉沉，印池心。"《浣溪沙》云："翠叠画屏山隐隐，冷铺纹簟水潾潾，断魂何处一蝉新。"下开北宋体格者也。有以质胜者，《西溪子》云："归去想娇娆，暗魂销。"《中兴乐》云："忍孤前约，教人花貌，虚老风光。"宋人惟吴梦窗能为此等质句，愈质愈厚，盖五代词已开其先矣。（《历代词人考略》）

华钟彦云：此咏秋月词也。自首至尾，无处无月。古人为文，用心若此。（《花间集注》）

# 菩萨蛮

回塘风起波纹细，刺桐花里门斜闭。残日照平芜①，双双飞鹧鸪。　　征帆何处客，相见远相隔②。不语欲魂销，望中烟水遥③。

## 注释

① 平芜:原野。

② 相隔:指情意不通。

③ 望中:远望之中。

## 辑评

　　陈廷焯云:"残日照平芜"五字,精绝秀绝。　　又云:此首音节凄断。(《云韶集》)

# 菩萨蛮

　　隔帘微雨双飞燕,砌花零落红深浅。捻得宝筝调①,心随征棹遥②。　　楚天云外路,动便经年去③。香断画屏深,旧欢何处寻?

## 注释

① 捻:弹奏弦乐器的一种指法。白居易《琵琶行》:"轻拢慢捻抹

复挑,初为霓裳后六幺。"

② 征棹:指游子乘坐的船。

③ "动便"句:意谓动不动就一去整年或多年。

## 辑评

汤显祖云:《菩萨蛮》集中最多,而佳者亦不少。以此殿之,不为貂续。(汤显祖评本《花间集》)

李冰若云:"隔帘"二句,即是"落花人独立,微雨燕双飞"蓝本。(《栩庄漫记》)

# 河　传

去去,何处? 迢迢巴楚,山水相连①。朝云暮雨,依旧十二峰前②,猿声到客船。　　愁肠岂异丁香结③,因离别,故国音书绝④。想佳人花下,对明月春风,恨应同。

## 注释

① "迢迢"二句:意谓巴山楚水虽然相连,但行程还是越走越远。

② 十二峰:指巫山十二峰。

③ 丁香结:指丁香含蕾不吐。古人常借丁香结象征愁思郁结。

④ 故国:故乡。

## 辑评

陈廷焯云:一气卷舒,有水流花放之乐,结温厚。(《词则·别调集》)

况周颐云:李德润《河传》云:"想佳人花下,对明月春风,恨应同。"高竹屋《齐天乐》"中秋夜怀梅溪"云:"古驿烟寒,幽垣梦冷,应念秦楼十二。"两家用意略同。高词伤格,不可学,李词则否,其故当细审之。(《餐樱庑词话》)

# 河　传

春暮,微雨。送君南浦①,愁敛双蛾。落花深处,啼鸟似逐离歌,粉檀珠泪和②。　临流更把同心结,情哽咽,后会何时节?不堪回首,相望已隔汀洲,橹声幽③。

## 注释

① 送君南浦:江淹《别赋》:"送君南浦,伤如之何。"
② "粉檀"句:指眼泪与脸上的脂粉混合而下。粉檀,脂粉一类化妆品。

③ 橹声幽：摇橹之声变得越来越小了。幽，微小。

## 辑评

李冰若云：昔阅片玉《兰陵王》词云"回首迢递便数驿，望人在天北"，爱其能描摹别绪，入木三分，使人诵之，黯然魂销。及阅李德润"不堪回首，相望已隔汀洲，橹声幽"，正是一般写法，乃知周词本此也。 又云：深情绵渺。以此结束《花间》，可谓珪璧相映。（《栩庄漫记》）